한Q의 인생 나들이

하루하루 살아가는
당신에게 건네는
인생 나들이를 위한
마음챙김

한 Q 의

인생

나들이

정한규 지음

태인문화사

행복을 나누는 글, 그리고 저의 고백

저는 《한Q의 인생 나들이》을 통해
이 글을 읽으시는 분께서 단 한 번이라도
더 행복해지시기를 바라는 순수한 마음으로
이 글을 쓰고 있습니다.

그러나 솔직히 고백하자면,
이 글을 쓰는 과정에서
저 자신이 더 많이 행복해졌습니다.
출근길에 떠오른 단상들을 정리하며,
삶을 돌아보고 글로 풀어내는 매 순간마다
저는 또 다른 위로와 힘을 얻었습니다.

이 책이 세상에 나올 수 있도록
늘 곁에서 사랑과 지지를 아끼시 않은
사랑하는 어머니와 가족에게 깊은 감사를 드립니다.
또한 아낌없는 조언과 도움을 주신 최원호 박사님과
도서출판 태인문화사 인창수 대표님께도
진심 어린 감사를 전합니다.
두 분의 헌신이 없었다면 이 책은 완성되지 못했을 것입니다.

사실, 글을 세상에 내놓는다는 것은
저에게도 큰 용기가 필요한 일이었습니다.
평가받는 것이 두렵지 않다고 하면 거짓말일 것입니다.
하지만 저는 전문 작가가 아닙니다.
그저 제가 살아온 이야기를 나눌 뿐입니다.
이 용기가 누군가의 마음에 닿기를 바라며
저의 작은 목소리를 여러분께 전합니다.

더 나아가, 이 글이 여러분과 저의 관계를
조금 더 돈독하게 만들어주기를 바랍니다.
글 속에 담긴 저의 삶과 생각이 우리 사이의 공감과 이해를
넓혀주는 다리가 되었으면 좋겠습니다.

이 여정의 끝에서 우리가 서로를 조금 더 이해하고
조금 더 행복해질 수 있기를 바랍니다.
함께 행복을 찾는 여정에 여러분을 초대합니다.

2024년 초겨울
정 한 규

삶의 방향을 찾고자 하는 모든 이들에게

살면서 우리는 누구나 인생의 갈림길 앞에 서게 됩니다.
때로는 선택이 두렵고,
때로는 그 길이 옳은지 확신이 없을 때도 있지요.
그럴 때 필요한 것은 완벽한 해답이 아니라
우리와 비슷한 길을 걸어간 이들의 진솔한 이야기를 통해
삶의 힌트와 용기를 얻는 것입니다.

《한Q의 인생 나들이》는 그런 순간에 마주할 수 있는
가슴 따뜻한 나침반 같은 책입니다.
이 책은 인생의 해답을 제시하지 않습니다.
대신, 저자가 자신의 삶에서 겪은 고민과 선택 그리고
실패와 성장의 이야기를 솔직하고 담담하게 풀어냅니다.

이 책은 독창적인 구조로 독사의 미음을 이끕니다.
각 장은 'Q'의 의미를 따라,
Q사인: 변화를 알리는 시작의 신호,
Question: 삶의 중요한 질문들,
Quest: 탐구와 도전의 여정,
Quiet: 내적 평화를 찾는 순간으로 설계되었습니다.

이처럼 《한Q의 인생 나들이》는 단순한 이야기가 아니라,
삶을 이해하고 방향성을 찾아가는 체계적인 여정으로
우리를 초대합니다.

삶이란 질문과 선택의 연속입니다.
이 책은 그 질문에 대한 해답을 찾기보다는 질문을 이해하고,
스스로 답을 만들어가는 용기를 줍니다.

이 책을 삶의 작은 여백 속에서
위로와 성찰을 찾고 싶은 분들과
더 나은 자신과 관계를 꿈꾸는 분들에게
진심으로 권하고 싶습니다.

최 원 호 박사(Ph.D)
서울 상봉동 은혜제일교회 목사
저서 《나는 열등한 나를 사랑한다》 문광부 추천도서

차례

소중한 사람들과의 따뜻한 추억

삶의 교훈, 그 안에 담긴 아름다움

마음에서 시작되는 성장의 답

인생의 소중한 순간과 교훈

에필로그

"삶의 여정 속에서 마주한 질문과
내면의 성찰을 통해 우리가 성장하며 발견한
작은 지혜를 나누고자 한다."

삶의 길에서
마주한 지혜

인생, 해답을 찾아가는 여정

인생에는 정해진 답이 없다.
앞으로도 없을 것이고
지금까지도 없었다.
이것이 바로 인생의 유일한 해답이다.

미국의 시인 거트루드 스타인의 시 〈해답〉에 담긴 메시지처럼,
우리 모두의 삶은 정답이 없는 여정이다.
때로는 지금이 옳고 그때는 틀리기도 하며,
때로는 그때가 맞고 지금이 어긋나기도 한다.

결국, 인생이란 해답이 없다는 사실을 인정하면서도
각자 자신만의 해답을 찾아가는 여정 아닐까.
우리는 모두 이 복잡한 문제를 풀어보려 애쓰는 중이다.

나 또한 잘 알고 있다.
"인생의 해답은 없다."
하지만 설령 그 답을 완벽히 찾을 수는 없더라도,
조금이라도 더 가까워지고 싶은 마음이다.

그래서 내 삶과 생각을 글에 담는다.
만약 이 글이 누군가에게, 단 한 사람에게라도
삶의 희망과 용기를 전할 수 있다면
그것만으로 내게는 충분하다.

절실함이 이끄는 길

1997년, 우리나라에 외환위기가 닥쳤다.
국제통화기금(IMF)에 구제금융을 요청하며
국가부도의 날을 맞았다.

그 이후 수많은 사람들이 일터를 잃고 집을 잃었다.
심지어 삶의 희망마저 잃고 스스로 생을 마감하는
비극적인 일들이 연이어 터졌다.
그 시절은 모두에게 눈물과 고통의 시간이었고,
나 또한 그 한가운데에 있었다.

그해, 나는 ○○생명 회사에 최종 합격했다.
첫 직장의 설렘도 잠시, 외환위기의 여파로
결국 출근조차 하지 못하는 아픔을 겪었다.
갑자기 주어진 백수의 시간 속에서 나는 방향을 잃고 헤맸다.

그러던 어느 날, 우연히 본 경찰 시험 공고문.
그것이 내 인생의 새로운 시작이었다.
경찰의 길을 걸으리라고는 꿈에도 생각지 못했던 내가
지금은 그것이 단순한 우연이 아닌 운명이었음을 믿는다.

만약 IMF가 없었다면, 나는 아마도 ○○생명에서
직장생활을 이어갔을 것이다.
삶에 절실함이란 단어조차 몰랐을지도 모른다.

하지만 그 시절, 막다른 골목 끝에 서 있던 내게 남아 있던 것은
오직 절실함뿐이었다.
그 절실함이야말로 내 삶을 움직였고,
내 길을 바꿔놓았다.

바보의 지혜가 천재를 이기다

나는 타고난 바보다.

초등학교 때를 떠올리면, 학업 성적은 63명 중 62등이었다.

생활기록부에 적힌 IQ는 97로 평균에도 미치지 못했고

특기상황에는

"학습에 의욕이 없고 발표력이 부족하다.

늘 말이 없고 친구 간에 어울리지 못한다"라고

기재되어 있었다.

고등학교 때까지 책을 더듬거리며 읽었고,

지금도 무언가를 외우는 일이 늘 어렵다.

이런 내가 경쟁사회에서 목표를 이룬다는 건

누구보다 힘든 일이었다.

그럼에도 내가 천재들과의 경쟁 속에서

목표를 이루며 살아온 비결은 단 하나,

바로 '절실함'이었다.

하지만 단순히 절실한 것만으로는 부족하다.
절실함의 질적인 총량이 중요하다.
지금 당신은 얼마나 절실한가?
그 절실함이 목표를 이루는 첫걸음이다.

그리고 또 하나, '남달라야 한다.'
바보가 천재와 똑같이 한다면 결코 천재를 이길 수 없다.
천재와 다르게, 새로운 방식으로 도전해야 한다.
다름 속에서 기회를 찾을 때, 비로소 경쟁에서 이길 수 있다.

절실함, 그리고 남다른 생각과 행동.
이 두 가지가 지금의 나를 만든 성공의 비결이다.

글로 인해 맑아지는 삶

인간은 동물과 달리 생각하고 행동할 수 있는 존재다.
보이지 않는 무(無)에서 보이는 유(有)를 만들어가는
생각과 행동의 연결고리를 가진 삶을 살아간다.

우리 마음속은 선과 악이 공존하는 공간이다.
환경과 생각이 사람마다 다르기에,
어떤 마음이 행동으로 드러날지는 쉽게 알 수 없다.

마음속 선한 의지를 행동으로 옮기기 위해
가장 중요한 것은 생각을 글로 표현하는 일이다.
글은 말과 다르다. 글은 기록으로 남아 있기에 거짓이
덜하고 진실된 글은 우리를 선한 행동으로 이끄는
중매쟁이 같은 역할을 한다.

일기를 쓰고, 편지를 적고, 대중을 위해 글을 쓰는 동안
자연스레 악은 걸러지고 선은 드러난다.

결국, 글은 삶을 선하게, 맑게 만든다.
"삶이 글로 인해 선해진다."

당신의 인생 가방에는 무엇이 담겨 있나요?

삶의 가방에 무엇을 담아두었는지에 따라
그 인생이 흥했는지, 망했는지가 결정된다.

당신의 인생 가방은 어떤 모습인가?
돈과 보석, 부동산으로 가득 차 있는가?
아니면 사랑과 나눔, 그리고 아름다운 추억들로 채워져 있는가?

죽음의 문턱에 이르러서야 비로소 깨닫는 일이 없도록,
지금 중간중간에 가방을 열어 무엇이 담겨 있는지 살펴보자.
그렇게 해야 후회를 덜 하게 된다.
지금도 늦지 않았다.

인생 가방을 많이 채우는 것이 중요한 것이 아니다.
무엇으로 채우는지가 중요하다.

자신이 행복할 뿐 아니라,
다른 사람에게도 기쁨을 전할 수 있는 것들,
사랑과 베풂 그리고 추억을 차곡차곡 담아가자.
그것이 진정으로 풍요로운 인생의 가방이다.

빠른 길, 돌아가는 길 : 인생의 선택

우리는 누구나 삶이 편안하고 순탄하기를 바란다.
빠르고 쉬운 길이 가장 좋은 길이라 믿으며.

하지만 젊음이 지나고 중년의 문턱에 서니,
한때 지름길만을 찾아 헤맸던 나날들이 떠오른다.
그때 돌아가며 걸었던 먼 길이,
사실은 가장 좋은 길이 아니었나 싶다.

정상에 오르는 길은 하나가 아니다.
수많은 갈래의 길이 있다.
중간에 힘들다고 포기만 하지 않는다면
지름길보다 더 좋은 길도 있다.

누군가 개척한 지름길을 따라 빠르게 가는 것도 방법이지만,
때로는 자신만의 길을 헤매며 에둘러 걸어보자.
그 길은 외롭고 고되며 더디게 느껴질지 몰라도,
언젠가 당신을 정상에 이르게 할 것이다.

빠른 지름길에서는 결코 볼 수 없는 것들이 있다.
돌아가는 길에서만 마주하는 풍경,
벅참, 고통, 아픔, 시련, 그리고 역경.
이 모든 것들이 삶의 본질을 가르쳐준다.

젊은 날 걸어간 고된 에움길은
마치 좋은 거름처럼,
당신만의 인생이라는 꽃을
더욱 아름답고 풍성하게 피우게 할 것이다.

고난 속에서 피어나는 삶의 꽃

앙스트 블뤼테(Angstblüte)라는 말은
불안을 뜻하는 '앙스트(Angst)'와
개화를 뜻하는 '블뤼테(Blüte)'의 합성어로,
불안 속에서 피어나는 꽃을 의미한다.

삶의 여정 속에서 고난과 역경을 이겨내며
꿈을 실현해 나가는 일,
그것만큼 위대한 일은 없을 것이다.

"어물전 망신은 꼴뚜기가 시키고,
과일전 망신은 모과가 시킨다."라는
못생긴 모과를 빗댄 이 속담은,
모과가 가진 진정한 가치를 모르는 사람들의
이야기일지 모른다.
모과는 특유의 향긋한 향기로 사람들을 끌어당긴다.
기관지 건강과 근육통 완화에도 탁월한 효능이 있어
그 어떤 과일보다도 소중히 여긴다.

못생긴 사람을 비유하며 흔히 놀림의 대상이 되는
호박과 호박꽃도
호박 요리를 한 번 맛본 사람이라면,
그 마음이 단번에 호감으로 바뀌고 만다.

보기에는 화려한 장미보다도,
아낌없이 주는 모과와 호박 같은 존재들이
더 많은 사람으로부터 진정한 사랑을 받는다.

모과와 호박처럼,
흙수저로 태어나도 인고의 시간을 견뎌낸 이들은
마침내 '앙스트 블뤼테'라는 위대한 꽃을 피운다.

지금 당신이 힘듦과 벅참 속에서
꿈을 향해 달려가고 있다면,
바로 당신이 가장 위대한 사람이다.
고난 속에서 피어난 당신의 삶의 꽃은
누구보다도 찬란히 빛날 것이다.

당신의 내일을 행복하게 만들어주는 루틴

어떤 일이든 하나를 꾸준히 반복하는 형태를 보이는
것만큼 위대한 일은 없다.

성공적인 삶을 향한 지름길은
강렬한 동기부여나 일시적인 의지가 아니다.
진정한 열쇠는 바로 '루틴'을 만드는 데 있다.

루틴이란, 일상 속에서 반복적으로 실행되는 패턴이다.
무의식적으로 이루어지는 습관과는 달리,
루틴에는 의도와 노력이 필요하다.

당신의 미래는 어디에 있을까?
그 비밀은 바로 당신의 루틴 속에 숨겨져 있다.
성공적인 삶을 이루기 위해서는
자신만의 루틴을 설계하고 꾸준히 실행해야 한다.

끈기 있게 루틴을 유지하며 자기관리를 실천하는 사람.
그가 가장 아름답고, 결국 성공하는 사람이다.

특히, 아침의 루틴은 자기관리의 출발점이다.
아침은 단순히 잠에서 깨어나는 시간이 아니다.
아침은 하루의 일상을 깨우고,
삶의 방향을 잡아주는 나침반이다.

오늘 아침, 당신의 루틴이 무엇이든,
그 작은 시작이 당신의 인생길을
더 행복하고 풍요롭게 만들어 줄것이다.

위대한 포기: 더 나은 선택을 위한 결단

우리는 모두 마음속에 근심과 걱정을 안고 살아간다.
그 근심과 걱정의 뿌리는 대부분 사람과의 관계
그리고 물질에 대한 집착에서 비롯된다.

사람과 물질에 대한 집착과 욕심이 커질수록
행복은 점점 멀어지고
그 자리에 근심과 걱정이 자리 잡는다.

마음에 쌓인 집착과 욕심을 내려놓으면
행복이 찾아온다는 사실을 우리는 알고 있다.
그러나 알면서도 실행하기는 쉽지 않다.
왜냐하면 아는 것과 행하는 것 사이에는
하늘과 땅만큼의 틈이 있기 때문이다.

알고 있는 것은 단순히 지식에 불과하지만,
행동으로 옮기는 것은 진정한 깨달음이다.

사람과 물건에 대한 집착을 내려놓는 순간,
비로소 참된 행복이 무엇인지 맛볼 수 있다.
이 행복은 단순히 일시적인 즐거움이 아니라,
영원히 마음에 남는 진정한 행복이다.

우리가 소소한 행복을 추구하며 살아가지만,
그마저도 영원하지 않다.
마음에 새기면 오래 갈 것 같아도
그마저도 언젠가 희미해진다.

그러니 사람과 물질에 대한 집착을 내려놓는
용감한 포기가 필요하다.
그 결단 없이는 참된 행복에 이를 수 없다.

진정한 행복은, 그리고 위대함은
바로 이 용감한 포기에서 시작된다.
그 포기야말로 가장 위대한 포기다.

망설임, 그 대가를 치르다

노벨문학상을 받은 극작가 버나드 쇼의 묘비에는
"우물쭈물하다가 내 이럴 줄 알았다"라는 문구가
새겨져 있다.

우리의 삶은 어떠한가?
혹시 지금 우물쭈물하며 결정을 미루거나,
갈팡질팡하며 방향을 잃고 있지는 않는가?

인생은 수많은 갈림길로 가득하다.
그 속에서 후회가 남는 순간들은
잘못된 선택 때문이라기보다는
우물쭈물하다가 기회를 놓친 데서 오는 경우가 더 많다.

처음에는 선택한 길이 잘못되었다고 느낄 수도 있다.
그러나 묵묵히 고난과 역경을 이겨내며 걸어가다 보면,
그 길이 결국 참다운 인생길로 이어지는 것을 깨닫게 된다.

삶에서 선택의 옳고 그름은 정답처럼
정해져 있는 것이 아니다.
선택한 길 위에서 마주치는 힘듦과 고난을
어떻게, 그리고 얼마나 잘 이겨내느냐에 따라
그 선택이 참다운 삶으로 이어질지 결정될 뿐이다.

한 번뿐인 인생!
삶의 갈림길에서 완벽한 선택은 없다.
우물쭈물하며 기회를 놓치지 말고,
결단을 내린 뒤 묵묵히 그 길을 걸어 나가자.
고난 속에서도 포기하지 않는 발걸음이
결국 당신을 인생의 참된 목표로 이끌 것이다.

꽃길은 내 마음속에서 시작된다

"꽃길만 걸으세요."
듣기에는 좋지만, 겉치레로 느껴지는 이 말이
나는 그다지 마음에 들지 않는다.

물론, 이 말이 꽃길을 걷듯 편안한 삶을 살라는 덕담으로
많은 이들이 주고받는 말이라는 걸 안다.
하지만 꽃길은 처음에는 황홀할지 몰라도,
시간이 지나면 지루함을 넘어 지겨워지고 만다.
말 그대로 "꽃길만 걸으면 인생은 '폭망'"이다.

진정으로 자신을 사랑해주는 사람은
꽃길만 걷게 하는 사람이 아니다.
때로는 역경의 길로 이끌고, 쓴소리를 아끼지 않는 사람이다.

삶에서 역경과 고난만큼 확실한 스승은 없다.
거대한 폭풍, 칼바람처럼 매서운 고난,
끝이 보이지 않는 거친 광야와
칠흑 같은 어둠 속에서도 걸어야 한다.

그 모든 것들이야말로
우리를 단련시키고 성장하게 만든다.

영혼은 역경과 고난을 극복하며
점차 변화하고 성숙해진다.
그 과정에서 우리는
삶의 의미와 목적을 깨닫게 된다.

세상에 역경과 고난만큼
좋은 삶의 공부는 없다.
실패와 좌절만큼 삶을 단련시키는 것은
어디에서도 찾을 수 없다.

가장 넓고 아름다운 꽃길은 내 마음속에 있다.
그 꽃길은 단순히 외면의 화려함이 아니다.
삶의 역경과 고난을 끝내 포기하지 않는 마음,
그 마음속에 피어나는 것이
진정한 인생의 꽃길이다.

부족함에서 찾은 내면의 힘

"너 자신을 알라."
소크라테스의 이 명언은,
인생이란 끊임없이 자신을 알아가는 여정임을 가르쳐준다.
하지만 자신을 스스로 안다는 것은
생각만큼 쉬운 일이 아니다.

당신은 자신의 평판을 제대로 듣고 있는가?
많은 사람들은 자신의 무지함을 깨닫지 못한 채
스스로 잘 알고 있다는 착각 속에 살아간다.

자신을 알아가는 첫걸음은 자신의 무지함을 인정하고,
그 무지를 외부에 드러내는 데서 시작된다.

스스로 내면을 비판하고, 자신의 부족함을 마주할 때,
비로소 외부의 쓴소리가 들리기 시작한다.
그 쓴소리를 겸허히 받아들이는 순간,
자신의 진정한 모습이 드러난다.

진정으로 자신을 알고 싶은가?
그렇다면 먼저 자신의 무지함을 깨닫고,
겸손히 자신에 대한 비판을 받아들여야 한다.

무지함을 모르는 사람은
다른 이를 비판할 자격도 없다.
자신의 부족함을 인정하고,
비판을 받아들일 준비가 된 사람만이
타인을 공정하게 바라볼 수 있다.

부족함을 인정하는 용기가,
우리의 내면을 발견하고 성장으로 이끄는
첫걸음이다.

열심히 살아가는 것: 행복의 출발점

당신은 지금까지 열심히 살아왔고,
지금도 그렇게 살아가고 있다.
하지만 문득 누구를 위해 열심히 살았는지
자신에게 묻는다면 말문이 막힐지도 모른다.

혹시 돈, 명예, 권력을 좇는 인간 본성에 따라
열심히 살아온 것은 아닐까?
그렇다면 지금까지의 열정이
진정한 행복으로 이어졌는지 되돌아볼 필요가 있다.

누군가에게 피해를 주지 않고,
자신을 위해 열심히 사는 것만으로는
신정한 행복에 도달할 수 없다.

물론, 오직 타인을 위해서만 살 수 있는
성인군자가 되기도 어렵다.
하지만 자신만을 위한 열심을 조금 내려놓고,
누군가를 위해 열심히 살아간다면,
참된 행복의 길이 보일 것이다.

성공했음에도 행복하지 않다면,
아마도 당신의 열정이
타인을 위한 것이 아니었기 때문일지도 모른다.

"행복은 자신을 위해 열심히 사는 데서 시작되고,
누군가를 위해 열심히 사는 데서 완성된다."

당신이 누군가를 위해 열심히 살아가는 사람이기에,
이 세상은 참 살 만한 곳이 된다.

'나중에'라는 말은 내 사전에 없다

'나중에'라는 말은 우리 일상에서 너무나 흔하게 쓰인다.
하지만 이 말은 사실 기약 없는 가장 허망한 약속이다.

'얼마의 시간'이라는 말처럼
나중이라는 시간은 정해진 것도 아니고,
우리를 마냥 기다려주는 것도 아니다.

살면서 보고 싶고, 가고 싶고, 하고 싶은 일들을
'나중에'로 미뤘다가 후회한 적이 얼마나 많았던가.
그때 하지 못한 선택이 지금도 마음을 짓누르곤 한다.
우리는 내일도 올 것이고,
내년도 이어질 것이라고 당연하게 여긴다.

그러나 내 삶의 정거장이 내일일지도 모른다.
내일은커녕 오늘이 마지막일 수도 있다.
우리는 종종 이런 진리를 잊고 산다.

지금 미뤄둔 일들도
나중에는 아예 기회조차 사라질지 모른다.
그 대상이 세상에 더는 존재하지 않거나,
어쩌면 내가 세상에 없을지도 모른다.

삶의 여행 종착지는 사람마다 다르다.
그리고 '나중에'라는 시간은
우리 누구도 기다려주지 않는다.

내일, 내 삶의 정거장에서 내려야 할지도 모르는
짧디짧은 인생길에서
'나중에'라는 말을 내 사전에서 지워 버리자.

지금, 할 수 있을 때 하자.
사랑하자. 기뻐하자. 용서하자.
지금, 이 순간이 바로 우리가 가진 유일한 시간이다.

어려움 속에 빛나는 삶의 조각

담금질은
금속을 높은 온도로 가열한 뒤 급랭시키는 과정을
반복하여 강도를 높이는 작업이다.
차가운 물과 뜨거운 불을 오가는 고통을 견디고 나면,
금속은 더욱 단단해지고 견고해진다.

인생도 이와 다르지 않다.
세상을 고통의 바다(苦海)라 부르듯,
삶은 고통의 연속이다.
그러나 삶 자체가 고통임을 온전히 받아들이는 순간,
더는 고통을 피하려 애쓰지 않는다.
대신, 고통을 견디는 법을 배우며 성장해간다.

인생의 담금질,
그 고통의 과정을 지독히 견뎌낸 끝에
우리는 비로소 단단해진다.
"젊어서 고생은 사서도 한다."
"고생 끝에 낙이 온다."라는 말처럼,

지극히 힘든 순간들의 경험이 하나하나 모여
인생의 든든한 버팀목이 되고,
결국 우리를 더 높은 절정으로 이끈다.

삶의 담금질과 두드림은 절대 헛되지 않다.
그 과정은 지금의 나와 너를 단단하게 만들었으며,
앞으로의 우리를 더욱 강인하게 만들어갈 것이다.

빈틈에서 찾은 삶의 여유

빈틈은 우리 삶에서 너무나 필연적이다.
메우려고 해도, 없애려고 해도 사라지지 않는다.
결국, 그저 견디고 받아들이는 수밖에 없다.

하지만 반복되는 일상 속에서 생겨나는 빈틈을
우리는 견디지 못할 때가 있다.
그 빈틈을 피하거나,
다른 무언가로 억지로 채우려 하며 방황하기도 한다.

한번 생각해보라.
곳간에 빈틈이 있어야만
바람과 햇살이 드나들 듯이,
우리 마음에도 빈틈이 있어야
사랑과 희망이 드나들 수 있다.

빈틈은 약점도, 허점도 아니다.
오히려 사람의 마음이 드나드는 관문이다.

빈틈을 일일이 메우려 애쓰다 보면
결국 우리는 자신을 고립시키고,
외로움 속에 갇히게 될지도 모른다.

"빈틈 없는 사람이 가장 외로운 사람이다."
나는 빈틈이 있는, 그대로의 당신이 참 좋다.
그 빈틈 속으로 스며드는 사랑과 희망이야말로
당신을 더욱 빛나게 하고 아름답게 만드는 것이니까.

잃은 것이 아닌 돌려준 것

누군가에게 선물을 줄 때,
우리는 흐뭇한 마음과 함께 보람을 느끼지만
사소한 물건이라도 잃어버리면,
속상함과 함께 자신을 탓하며 낙담하게 된다.

'누군가가 갖는 것'이라는 점에서,
선물로 주어진 것과 잃어버린 것은 크게 다르지 않다.
그런데도 마음의 감정은 하늘과 땅 차이다.

작년에 아들이 자물쇠를 채우지 않은 탓에
자전거를 잃어버렸다고 낙담한 적이 있었다.
그때 나는 아들에게
"얼마나 갖고 싶었으면 가져갔겠니?" 하고 위로하면서
새 자전거를 사주었다.

이 일은 소설 《레미제라블》에서 신부가 보여준
용서의 행동을 떠올리게 했다.
'잃은 것이 아니라 준 것'이라고 여긴다면,
그만큼 우리의 마음도 편안해질 것이다.

내 손을 떠나는 순간,
그것은 이미 온전히 내 것이 아니다.
그러니 물건은 잃을 수 있어도
마음만은 잃어버리지 말자.

중용을 지키는 삶: 행복의 비결

장마철이 되면 며칠씩 쏟아지는 비로 세상이 축축해진다.
봄비가 기다림을 동반하는 기쁨이라면,
장마는 대개 반가움보다는 짜증을 불러온다.

봄비는 메마른 대지를 촉촉이 적셔주지만,
장마처럼 많은 비가 계속되면
비의 소중함은 금세 잊히고 만다.

'과유불급'이라는 말이 있다.
지나친 것은 부족한 것과 같다는 뜻이다.

우리네 삶도 그렇다.
너무 과하게 운동히면 몸이 상하고
과음이나 과식을 하면 몸이 힘들다.

아무리 좋은 사랑의 표현도
부족하면 섭섭하고, 지나치면 부담스러운 법이다.

행복도 마찬가지다.
지나침과 모자람 사이에서
균형을 유지하는 중용의 삶에 있다.
하지만 우리는 이런 사실을 알면서도
실제로는 균형 잡힌 삶을 살지 못한다.

오늘 하루도 모자라지도 넘치지도 않는
봄비처럼 적당하고 균형 잡힌 하루이길 바란다.
그리하여 마음에도 따스한 봄의 향기가 스며들기를….

세상사, 공수래공수거

세상사란 결국 빈손으로 왔다가 빈손으로 간다는
'공수래공수거(空手來空手去)'의 진리를 벗어나지 않는다.

당신은 세상에 태어나 받은 것이 많은가?
아니면 가진 것을 나누어준 것이 많은가?

사람마다 다르겠지만,
빈손으로 세상에 온 우리는 모두 나누어준 것보다
받은 것이 더 많을 수밖에 없다.

"지금 당신이 가지고 있는 것에 답이 있다."
만약 당신이 다른 사람보다 더 많이 가지고 있다면,
그만큼 덜 나누어준 것이다.

성경에서는 이렇게 말한다.
"부자가 천국에 가는 것은
낙타가 바늘귀에 들어가기보다 어렵다."
이는 가진 것이 많을수록 나누는 일이
그만큼 어렵다는 것을 경고한다.

나눔이란 물질이든, 마음이든, 가족이든 아니든,
많고 적음에 상관없이 받은 것을 거저 나누는 것이다.
그저 우리가 받은 축복을
다른 사람과 함께 나누는 데 의미가 있다.

결국, 우리는 모든 것을 두고 떠나는 인생이다.
삶의 마지막 날까지 남기려고 애쓰지 말고,
지금 이 순간, 나눔으로 더불어 살아가자.
그 나눔 속에서 삶의 진정한 의미와
행복을 발견할 수 있으니까.

인성은 인생을 바꾸는 힘

인성은 단순히 착한 심성을 뜻하지 않는다.
그것은 개인의 양심과 도덕을 기반으로,
사람들과 더불어 살아갈 자격과 소양을 포함한
삶의 근본적인 태도다.

인성에는 두 가지가 있다.
타고난 선천적 인성과
배움과 경험으로 얻는 후천적 인성이다.

선천적 인성은 사람마다 다르지만,
후천적 인성은 세상과 더불어 살면서
배움과 경험을 통해 충분히 길러낼 수 있다.
이 과정이야말로 우리 삶에 필수적이다.

좋은 성품을 가르치는 인성교육은 무엇보다 중요하다.
인성이 바로 서지 않으면
진정한 성공과 행복은 결코 얻을 수 없다.

당신이 성공과 행복을 진정으로 원한다면,
무엇보다도 인간다운 성품을 길러야 한다.
그것이 모든 것의 출발점이자 기반이기 때문이다.

"인성은 인생의 씨앗이자 꽃이며, 열매다."라는 말처럼
결국, 인성은 인생 그 자체다.

그러니 인성이야말로 당신의 인생을
근본부터 변화시키는 힘이라는 사실을
항상 마음에 새기며 살아가길 바란다.

잘 하는 일이 성공을 부른다

인생의 성패는
"내가 좋아하는 일을 하고 있는가?" 혹은
"내가 잘 할 수 있는 일을 즐기고 있는가?"에 따라 결정된다.

대체로 실패하는 사람들은
자신이 좋아하는 일에만 몰두하고,
정작 자신이 잘 할 수 있는 일을 찾으려 하지 않는다.

진정으로 성공하고 싶다면,
먼저 자신이 잘 할 수 있는 일을 찾아야 한다.
그리고 그 일을 즐겨야 한다.

인생은 단지 하고 싶은 일만 하며 살 수 없는 법이다.
하기 싫고 힘든 일이 닥치더라도,
그것이 자신이 잘 할 수 있는 일이라면
즐겁게 해내는 태도가 무엇보다 중요하다.

직장생활을 예로 들어보자.

일이 많아도 늘 즐겁게 일하는 사람이 있는가 하면,

일이 적음에도 불평과 불만으로 가득 찬 사람이 있다.

이 차이는 결국 일에 대한 태도와 마음가짐에서 비롯된다.

삶의 진정한 승자는

단순히 하고 싶은 일만 하는 사람이 아니다.

하기 싫고 힘든 일이라 할지라도,

잘 하는 일을 즐길 줄 아는 사람이다.

그런 태도와 마음이야말로

인생의 문을 열고 성공으로 이끄는

진정한 열쇠가 아니겠는가.

선택의 순간: 주저함이 없는 길

할까 말까 망설일 때는
딴생각하지 말고 그냥 해버려라.
그렇게 해야 후회도 덜하고
소중한 시간도 낭비하지 않는다.

무언가를 해봄으로써 경험이 쌓이고,
다음 도전에서는 두려움이 줄어든다.
우리네 인생은 결국 선택의 연속이다.
너무 오래 망설이다 보면
기회를 놓치게 된다.

성공은 느닷없이 찾아오지 않는다.
성공은 한 번도 가보지 않은 길에
주저하지 않고 도전하는 데서 시작된다.

나도 무모할 정도로 도전해왔다.
그 과정에서 많이 넘어지기도 했다.
그 넘어짐 속에서 내면은 단단해졌고,
어느새 넘어져도 덜 아팠다.

넘어지는 것이 두렵다고 주저하지 말자.
아픔을 피하려고 머뭇거리지 말자.
내가 선택한 길이 바로 내 운명의 길이다.

지금의 선택을 믿고 한 걸음 내딛자.
그러면 그 길 위에서 성공을 향해 꾸준히 나아가고 있는
나를 마주하게 될 것이다.

피고 지는 삶에서 배우는 지혜

노을이 지면 하루를 기다리면 되고,
꽃이 지면 한 해를 기다리면 된다.
그러나 사람은 목숨이 지면 더는 기다림도
돌아갈 길도 없다.

이처럼 자연은 매순간 꽃이 지고 노을이 지면서
우리를 겸손과 용서의 자리로 초대한다.
그런데도 우리가 이 이치를 깨닫지 못하고 살아간다면,
목숨이 지는 순간,
더 깊은 후회와 슬픔에 잠기게 될 것이다.

자연의 섭리에 내 마음을 온전히 맡길 때,
비로소 용서와 겸손의 씨앗이 내 안에서 움트기 시작하고,
꽃이 피고 지고, 노을이 오고 가듯이
삶도 흘러가는 것임을 받아들일 때,
우리 안에 지혜가 깃든다.

우리는 그 지혜를 꼭 깨달아야 할 것이다.
목숨이 질 그날에
후회도 슬픔도 남기지 않을 것이니까.

오늘, 마음이 숙연해진다.

무소유의 깨달음을 향해

법정 스님의 무소유는
아무것도 소유하지 않는 것을 뜻하지 않는다.
그것은 불필요한 것을 갖지 않는 삶을 의미한다.

지금 필요한 것이
나중에는 필요하지 않을 수 있고,
지금 불필요한 것이
나중에는 필요할 수 있다.

지금 필요한 것과 필요하지 않은 것은
같은 본질을 지닌다.
따라서 그 경계를 허물고 바라보는 것이 중요하다.

무소유는 지금 가지고 있는 것에 만족하고,
가지고 싶은 것에 대한 집착을 내려놓는 데서 시작된다.
무소유는 가진 것을 단순히 포기하는 것이 아니라,
가지고 싶다는 욕망을 내려놓는 데서 비롯된다.

필요와 불필요의 기준은 사람마다 다르다.
그러므로 무소유의 의미도 각자 다르게 해석될 수 있다.

자신만의 무소유에 대한 깨달음을 찾자.
그 깨달음은 삶의 진정한 자유와 평화를 선물해 줄 것이다.

묵묵히 수레를 끄는 사람이 되자

인생 수레에는
끄는 사람과 미는 사람이 있다.

수레를 끄는 사람은 넓은 세상을 바라볼 수 있지만,
미는 사람은 끄는 사람의 뒤통수를 보거나
지쳐서 땅만 바라보게 된다.

끄는 사람을 잘못 만나면,
미는 사람의 인생이 고달퍼진다.
심지어 인생 종 칠 수도 있다.
끄는 사람을 제대로 만난다는 건
인생 최고의 복이다.

우리는 처음부터 수레를 끄는 사람이
되려고 하지 말자. 미는 법부터 배우자.
수레 미는 법을 알아야 수레를 올바르게
끌 수 있으니까.

그렇다고 수레 미는 것에 익숙해져 안주하지도 말자.
수레 끄는 법도 차근차근 제대로 배워야 한다.
밀어본 경험이 있는 사람이 끄는 수레와
그렇지 않은 사람이 끄는 수레는 분명히 다르기 때문이다.
끄는 사람은, 미는 사람의 인생을 함께 끌어가는 사람으로
미는 사람이 있기에 그 역할이 더욱 빛난다.

그러니 인생 수레는 반드시 미는 데서 시작해
언젠가는 묵묵히 수레를 끄는 사람이 되어야 한다.
그 길 위에서 우리의 인생은 더 단단해지고,
더 의미 있게 빛날 것이니까.

고통 속에서 삶의 의미를 찾다

OECD 38개국의 평균 자살률은 10만 명당 11명이다.
이에 비해 우리나라의 자살률은 24명으로,
OECD 국가 중 1위를 기록하고 있다.

누구나 한 번쯤은
삶의 무게가 견디기 어려웠던 순간을 경험했을 것이다.
지금 그런 상황에 부닥쳐 있을 수도 있고,
언젠가 그런 순간이 닥칠 수도 있다.

나 역시 젊은 시절,
죽음의 문턱에서 헤매던 때가 있었다.
그때 병원 응급실과 전통시장에서
삶의 존재 이유를 깨달았다.

응급실에서는,
살아남기 위해 몸부림치는 사람들 속에서
젊음과 건강의 소중함을 배웠으며,

재래시장에서는,
삶이 그렇게 특별하거나 거창한 것이 아니라는
사실을 알게 되었다.
삶은 돼지고기처럼,
삶은 달걀처럼,
삶은 옥수수처럼
단순하면서도 풍요로웠다.

혼자임을 두려워하지 마라.
사실, 누구나 혼자다.
그렇기에 괜찮다.

외로움과 힘겨움 속에서,
당신만의 삶의 존재 가치를 찾길 바란다.
그 고통의 순간이
결국 당신을 단단하게 만들어줄 것이다.

멈춤 속에서 발견하는 세상

발걸음을 재촉하는 출근길.
가끔 사방을 두리번거리며 걷다가
한순간 우두커니 서서
나무, 풀, 꽃, 산, 하늘을 올려다본다.

그 잠깐의 멈춤이 나만의 작은 행복이다.
늘 걷던 길은 그대로지만,
잠시 멈춰 바라보면 그 길은 전혀 다른 풍경으로 다가온다.
자세히 보려면 멈춰야 한다.
그래야 비로소 세상이 예뻐 보이니까.

잠깐의 멈춤이 있을 때,
세상이 훨씬 너 아름다워진다.
출근길조차 마냥 행복해진다.
그런데 퇴근길은 출근길보다 여유롭지만
오히려 멈춤이 없다.

삶도 마찬가지다.
여유롭다고 해서 반드시 행복한 것은 아니다.
바쁜 일상 속에서도 잠깐의 멈춤을 가지면
훨씬 더 행복해질 수 있다.

늘 바쁘게 사는 인생이라도
가끔은 멈춰서 보자.
멈춰야 세상이 예뻐 보이듯,
삶도 예뻐 보인다.

걷는 길이든 삶이든,
잠깐의 멈춤은 오히려 당신의 삶을
더 풍요롭고 행복하게 만들어줄 것이다.
오늘은 인생 신호등의 빨간불 앞에서 잠시 멈춰 서고,
천천히 다시 걸음을 내딛는
여유로운 하루를 보내길….

리더의 발걸음: 책임의 길

항해사는 배의 출항부터 항로 결정, 목적지 도착까지
전 과정을 계획하고 실행하는 책임을 진다.
배의 방향을 제대로 잡지 못하면
목적지에 도착할 수 없듯이,
항해사는 배의 운명을 결정짓는 존재다.

항해사는 단순히 방향만 제시하는 역할에 그치지 않는다.
게으름을 피우는 선원을 독려하고,
노 젓는 방법을 모르는 선원에게는
올바른 방법을 가르쳐
각자가 자신의 역할을 다하도록 해야 한다.

이를 손수레에 비유해보자.
리더가 손수레를 앞에서 끌고 있을 때,
팀원이 함께 밀어주지 않는다면 수레는 멈추고 말 것이고
리더가 방향을 제시하지 않고 팀원이 뒤에서만 밀어준다면,
팀은 금세 방향을 잃고 흔들리고 말 것이다.

리더는 앞에서 손수레를 끌며 방향을 잡아주고,
팀원들은 힘을 합쳐 수레를 밀어주는
조화로운 조직이 되어야 한다.

앞에서 이끄는 리더의 역할은
배와 손수레의 운명을 결정짓듯,
팀의 운명도 좌우한다.
어떤 리더를 만나느냐가 팀원의 미래를 결정짓는 법이다.

최고의 조직은 단순히 열심히만 하는 조직이 아니다.
리더가 방향을 명확히 잡고,
팀원이 각자의 역할을 충실히 수행하는 조직이
진정한 최고의 팀이다.

결국, 팀의 운명은
리더가 누구냐에 따라 달라진다.

영원한 사랑의 온도

연애할 때의 사랑은 늘 뜨겁다.
사랑의 온도계는 변함이 없을 것처럼 느껴지지만,
결혼 후에는 그 온도가 급격히
떨어지는 경우가 많다.

아마도 연애 때는 상대를 왕자나 공주처럼 여기다가도,
결혼 후에는 하인이나 시녀처럼 대하는
변화 때문일 것이다.
콩깍지에 가려 보이지 않던 단점들이
점차 눈에 들어오기 시작하는 것도 한몫할 것이다.

연애의 설렘과 신선함도
결혼 후 무한히 반복되는 일상 속에서
그 소중함을 잃기 쉽다.

우리는 흔히 색다름에서 설렘과 행복을 찾는다.
하지만 색다름은 결국
일상의 단조로움이라는 벽에 부딪히게 된다.

많은 이들이 결혼을
둘이 하나 되는 과정이라고 말한다.
그러나 현실에서는
둘이 하나가 되려고 애쓰는 과정이
오히려 둘 사이를 더 멀어지게 만들기도 한다.

결혼생활이 성공적으로 되려면,
서로의 다름을 인정하고
조금씩 공통분모를 만들어가야 한다.
그럴 때만이 사랑의 온도계가
서서히 식어가는 것을 막을 수 있다.

결혼은 둘이 하나로 완벽히 합쳐지는 것이 아니다.
그보다는 양팔 저울처럼 균형을 맞춰가는 과정이다.

사랑의 온도는 영원하다.
그 온도를 유지하려면
서로를 인정하고 이해하며,
일상 속에서 균형을 찾아가는 노력이 필요하다.

신혼부부, 함께 켜는 인생의 신호등

최근 결혼식 평균 비용이 약 6,000만 원에 이른다.
심지어 예식장에 화환이 많고 적음으로
부모의 사회적 위치를 가늠하는 풍경까지 더해지니,
씁쓸한 마음이 들지 않을 수 없다.

한국의 전통 예식과 서양식 예식이 결합한 결혼 문화는
더 큰 경제적 부담을 초래하고 있다.
하객의 대부분은 신랑 · 신부의 지인이 아닌
부모의 지인으로 채워지고 예식은 뒷전이 되고 있다.

축의금을 낸 뒤 곧장 피로연으로 향하는 모습이 익숙하다.
최근에는 예식장 뷔페 식비가 크게 올라
축의금만 내고 단순히 식사만 하고 오는 느낌이 들 때도 많다.

이제는 이런 부담스러운 결혼 문화를 바꿔야 할 때다.
가족과 친한 지인만 초대해 진행하는 소박한 결혼식 문화가
자리 잡았으면 한다.

결혼 이후 경제적 부담으로 허덕이는 신혼부부들을 보면,
지금의 결혼 문화가 이상과 현실의 괴리를
얼마나 키우고 있는지 실감한다.

소박한 결혼식을 통해 예식 비용을 절약하고,
그 자원을 결혼 이후의 삶에 투자하는 신혼부부는
'새 출발 신호등이 초록색'으로 빛날 것이다.
결혼이란 인생의 축제이자 새로운 시작이다.
그 시작이 부담이 아닌,
사랑과 행복으로 가득 채워지기를….

장인의 손길을 넘어 명장의 길로

장인(匠人)은
물건을 만드는 것을 업으로 삼는 사람을 뜻한다.
하지만 자기 일에 전념하고,
한 가지 기술을 깊이 연구하며 정통하려는
장인정신을 갖추지 못한다면
진정한 장인이라 부를 수 없다.

더 나아가, 전문적인 기술 능력에 더해
도덕적 품성을 갖추어야만
장인 중에서도 으뜸인 '명장(名匠)'의 반열에 오를 수 있다.

아무리 자신의 업무에 심혈을 기울여
최고의 전문가로 인정받더라도,
부당한 방법이나 불순한 마음이 더해지면
그가 쌓아온 공든 탑은
한순간에 무너질 수밖에 없다.

그렇다면 경찰의 명장은 어떤 사람일까?

치안 전문가로서의 뛰어난 능력을 지니고
국가와 국민을 진심으로 사랑하며,
도덕적 품성을 겸비한 사람이 아닐까.

경찰 장인이 되는 것도 훌륭하지만,
거기에 도덕적 떳떳함과 당당함이 더해진
경찰 명장이 많아지길 바란다.

진정한 명장이란,
뛰어난 기술뿐만 아니라
인간적 품성과 윤리를 갖춘 사람이다.
그런 명장들이 있기에 사회는
더 밝고 건강한 방향으로 나아갈 수 있다.

성공, 배려의 대가로 받는 선물

세상에는 성공에 대한 아주 간단한 원리가 있다.
이 원리를 알면 누구나 손쉽게 성공이라는 선물을 받을 수 있다.
하지만 대부분 긴가민가하며 이 길을 가는 것을 주저한다.

환경이 좋고 똑똑한 사람이 성공할 확률이 높아 보이지만,
모든 성공이 그런 사람들만의 몫은 아니다.
조금 부족하더라도 성공의 원리만 제대로 깨달으면,
성공은 넝쿨째 굴러 들어올 수 있다.

그 원리는 바로,
"내가 조금 손해를 보면 다른 사람에게는 이익이 되고,
내가 조금 더 힘들면 다른 사람이 편해진다."라는
간단한 원리를 깨닫고 실천하는 것이다.

자신을 위해 사는 것이 아니라,
타인을 조금 더 위하는 삶을 사는 것.
이것이야말로
자신을 성공적인 삶으로 이끄는 진정한 선물이다.

이처럼 단순한 원리이지만,
대부분 사람은 눈앞의 이익과 편안함에 사로잡혀
이 길을 선택하지 않는다.
실제로 이를 실천하며 사는 사람은 극히 드물다.

어떤 환경과 상황 속에서도
자신보다 상대를 더 위하는 마음을 가진다면,
성공이라는 선물은 누구에게나 주어질 수 있다.

이 선물은 결코 거저 얻어지는 것이 아니다.
자신을 낮추고, 타인을 돕는 진심 어린 마음에서 시작된다.
성공이라는 값진 선물을 당신도 꼭 받아 누리길….

외로움 처방전

외롭지 않은 사람이 어디 있을까?
누구나 외로움을 느끼며 살아간다.

외로움은 삶의 일부이자
운명처럼 감당해야 할 동반자다.
그렇다고 해서 외로움에 익숙해지려고 애쓸 필요는 없다.

당신이 지금 외롭다고 느낀다면,
그것은 곁에 누군가가 없어서가 아니다.
그보다는 마음속에 홀로 있다고 느끼기 때문이다.

외로움이란,
마음속에 자신만이 존재하기에 느끼는 감정이다.
하지만 마음속에 누군가를 초대하고
그를 위해 무엇을 할지 생각하며,
그 생각을 실천에 옮긴다면
외로움은 어느새 사라질 것이다.

외로움은 자신의 인생 시계추가
잠시 멈췄을 때 오는 것으로
그에 대한 처방은 간단하다.
'자신의 감정에서 벗어나, 누군가를 위해
무엇을 할 수 있을지 생각하고
그것을 행동으로 옮기는 것이다.'

외로움은 스스로 만드는 감정이다.
그러나 누군가를 위한 삶을 살기 시작한다면,
외로움이 들어설 틈은 이제는 없을 것이다.

새로운 도전, 인생의 또 다른 시작

우리는 실수를 하고,
그 실수로부터 배워가는 존재다.

실수는 삶을 살아가는 동안 피할 수 없는 동반자다.
실수를 어떻게 바라보고 받아들이느냐에 따라
삶의 결과는 크게 달라진다.

실수를 제대로 인지해야만
우리의 삶도 제대로 성장할 수 있다.

실수는 도전의 결과물이다. 도전이 없다면 실수도 없다.
그러므로 도전 속에서 실수로 인한 시행착오를
최대한 줄이려는 노력이 필요하다.

실수는 단순히 부끄러운 것이 아니다.
더 올바른 행동을 배우는 과정이다.
새로운 도전을 통해 실수를 만회할 기회를 찾아야 한다.
그렇지 않으면 돌이킬 수 없는 실패로 남고 만다.
실수를 삶의 일부로 받아들이자.

거듭된 실수는 실력으로 굳어진다.
실수를 반복하지 않으려는 노력,
그것이 도전의 가치를 더해준다.

새로운 도전은 단순한 시작이 아니다.
그것은 우리의 실수를 발판 삼아,
더 나은 내일로 나아가는 발걸음이다.

우리, 그 소중함을 다시 생각하다

마블링(marbling)은 고기 속 근육에 섞인 지방질로
고기의 맛과 풍미를 풍부하게 만들어주는 요소다.
하지만 마블링만으로는 고기의 가치를 살릴 수 없다.
살코기와 어우러질 때 비로소
고기의 맛과 가치를 높이는 결정적인 역할을 한다.

마블링은 홀로는 아무 쓸모 없는 바보일지라도
조직 내 수많은 천재와 어우러져
조직에 없어서는 안 될 '존재'가 될 수 있다.

만약, 살코기로만 구성된 천재들만의 리그라면
그 조직의 가치는 하염없이 추락할 것이다.
얼마 전 축구 국가대표팀에서 있었던
하극상의 사례가 이를 잘 보여준다.

어떤 조직이든 다양성의 조화가 필수적이다.
천재와 바보의 조합처럼,

서로 다른 사람들이 어우러질 때
조직의 가치와 위상이 높아지고,
개인의 자존감도 덩달아 올라간다.

마블링 같은 존재가 되기 위해서는,
먼저 보잘것없는 '나'를 발견하고
'우리'의 소중함을 깨달아야 한다.

조직의 윤활유 역할을 하는
마블링 같은 존재가 되자.
그 존재감은 조직을 더 빛나게 하고,
나 자신에게도 의미 있는 성장을 안겨줄 것이다.

소중한 사람들과 나눈 따뜻한 순간들은
우리의 마음속에 영원히 남아 삶의 힘이 됩니다.
그들과의 추억이 지금의 나를 만들었고,
앞으로 나아갈 용기를 주었습니다.
그 따뜻함을 기억하며 감사의 마음을 전합니다.

소중한 사람들과의
따뜻한 추억

어머니는 나의 영원한 롤모델

내가 어릴 적,
어머니는 손수레에 폐휴지를 주워 생활비를 마련하셨다.

그 당시 어머니의 직업에 부끄러움은 없었다.
지금까지 누구에게도 말하지 못한 그 이야기는
오랫동안 내 마음속 깊이 간직되어 있었다.

나는 어머니의 고생을
조금이나마 덜어 드리기 위해 일을 했다.
신발공장에서 일했고 신문 배달과 공사장 일용직,
커피숍과 당구장에서 아르바이트를 하면서
등록금과 생활비를 마련했다.

지금 내가 가진 가치관이 형성되는데
가장 큰 영향을 준 분은 바로 어머니다.
나에게 어머니는 절대적인 존재이자,
세상에서 가장 존경하는 분이다.

어머니, 감사합니다.
그리고 사랑합니다.

지금도 어머니처럼 손수레를 끌며
가정을 위해 묵묵히 헌신하시는 수많은 어머니가 계신다.
그분들께 깊은 존경과 감사의 마음을 전한다.
세상 모든 어머니들이 안전하고 건강하시기를
진심으로 기원합니다.

추억 가득한 할머니의 봉다리

내가 어릴 적,
동네 시장이나 슈퍼마켓에서는 비닐봉지 대신
종이봉투에 물건을 담아주었다.
그때 종이봉투를 만들어 팔던 집이
바로 우리 집이었다.

할머니는 밀가루와 쌀 포대를 사 오셨다.
그러고 나서 포대를 깨끗이 털고, 자르고, 풀을 발라 붙여
물건을 담을 수 있는 종이봉투를 만드셨다.
그렇게 만들어진 봉투는
시장과 슈퍼에 팔려나갔다.

우리 가속은 밤늦도록 모여 앉아
누가 더 빨리 봉투를 만드나 경쟁했다.
다들 손이 쉴 새 없이 움직였는데
늘 할머니가 최고셨다.

할머니가 그립다. 그때마다
가족이 함께 만든 종이봉투를 묶어
시장과 슈퍼에 팔고 받은 돈을
할머니께 가져다드렸던 어린 시절이 떠오른다.

그 시절, 우리는 종이봉투를 '봉다리'라 불렀는데
그 봉다리에는 할머니와의 따뜻한 추억들이
소중히 담겨 있다.

내가 사랑했던 짜장면

나는 짜장면을 짝사랑한 적이 있다.
너무 보고 싶었다. 솔직히 너무 먹고 싶었다.

드디어 군대에서 그토록 그리워하던 짜장면을 만났다.

첫사랑의 설렘처럼,
짜장면과의 첫 만남은 가슴 뛰는 순간이었다.
그 설렘은 지금도 생생히 기억난다.

그런데 지금은 짜장면에 설렘이 없다.
짜장면은 그대로인데,
아마 내 마음이 변했나 보다.

그 짝사랑 같던 짜장면은
첫 만남의 설렘을 남긴 채,
점점 잊혀져 간다.

지금은 볶음밥이 좋다.

전자레인지 같은 하루

나는 매일 어김없이 회사에 출근한다.
회사 정문에 도착하면
마치 블랙홀에 빨려 들어가듯
그 안으로 이끌려 들어간다.

회사 건물은 마치 전자레인지 같다.
정해진 시간 동안 의지와는 상관없이
그 안에 갇혀 지내야 하는 공간이다.

전자레인지의 "딩동~" 소리가 반갑듯,
일이 끝나고 "땡~" 소리와 함께 회사 밖으로 나오는
순간이 하루 중 가장 행복한 시간이다.
전자레인지에서 탈출한 듯한 해방감은
말로 다 표현할 수 없을 만큼 크다.

종일 전자레인지 같은 건물에서 고생했으니,
오늘 저녁 식사 어때?

그리운 집밥의 추억

대학등록금을 벌기 위해
충주와 청주 지역의 일용직 공사장에서
숙식하며 일한 적이 있다.

공사장에서 일하는 사람들의 면면을 살펴보면,
대부분 개인적인 사연을 안고 있었다.
특히, 식당을 운영하다 벌이가 시원찮아
일용직으로 잠시 일하게 된 형님뻘의 한 사람이
지금도 기억에 남는다.

그는 타지에서 홀로 일하는 내가 애처로웠는지
"집밥 한 끼 제대로 먹여주겠다."라며
나를 자신의 집으로 데려갔다.

그의 집은 갓 태어난 아기가 있는
단칸방의 허름한 신혼집이었다.
그런데도 내게 내어준 따뜻한 집밥은
지금도 진한 감동으로 뇌리에 남아 있다.

그때 나는 다짐했다.
'나도 언젠가 이런 사람이 되어야겠다.'

하지만 그 다짐을 아직도 실천하지 못하고 있다.
힘겨울 때 느꼈던 그 따뜻한 마음이,
지금은 예전 같지 않나 보다.

인생 최고의 휴가

직업상 명절 때 고향을 방문하지 못하는 것은 물론,
코로나로 한동안 부모님을 직접 뵙지 못하고 있었다.
그러던 중 여름휴가를 맞아 고향으로 내려갔다.

여전히 코로나 확산세가 이어지고 있어
연로하신 부모님의 건강을 위해
고향 친구들을 만날 수 없었다.

하룻밤만 자고 서울로 올라가려 했는데,
어머니께서 하루만 더 머물다 가라고 하셨다.
그렇게 하루를 더 자고 나면,
또 하루를 더 있다가 가라고 하셨다.
결국 나흘 동안 부모님 댁에서만 머물렀다.
고향에 내려와 부모님 집에서 이렇게 오래
아무것도 하지 않고 한량처럼 지낸 건 처음이었다.

이번 휴가는 내게는
'휴가(休假)'라기보다 '휴가(休家)'였다.
그저 곁에 있어 주는 것만으로도
어머니는 행복해 보이셨다.

나흘 후, 서울로 올라오며 되돌아보니
이번 휴가는 내 생애 최고의 휴가였다는 생각이 든다.

남루한 천사 할머니

오늘 아침, 지하철역 플랫폼 앞에서
남루한 옷차림의 허리가 굽은 할머니가
무거운 짐을 끌고 가시는 모습이 눈에 들어왔다.

출근길의 사람들도 잠시 애처로운 눈빛으로
할머니를 바라보았지만,
모두 바쁜 발걸음으로 그냥 지나쳐 갔다.
나는 한참 동안 그 할머니를 지켜보았다.
마음이 아려왔다.

TV 〈세상에 이런 일이〉에 나올 만큼 안타까운 광경이었다.
가슴속에 스며든 이 장면을 잊지 않으려 사진으로 담았다.
그 순간 할머니의 무기운 발걸음이
예수님이 십자가를 지고 걸어가는 모습과
겹쳐 떠올랐다.

"어디까지 가시는 걸까? 무거운 짐을 잠시 들어드릴까?"
수많은 생각이 머릿속을 스쳤다.
그러다 결국, '삶의 헌금'을 해야겠다는 마음이 들었다.

지갑 속 만 원짜리 지폐 두 장을 손에 쥐었다 펴기를
반복하다가 5만 원 한 장을 꺼내어 할머니께 쥐어 드렸다.

허리가 굽어 땅만 보시던 할머니의 얼굴은 보지 못했지만,
"아이고"라는 짧은 한 마디가
아직도 내 귀에 맴돈다.

오늘은 허리가 굽은 남루한 할머니와 내가
서로의 마음에 따뜻함을 나누며 행복해진 하루다.
그 할머니가 어쩌면 천사였는지도 모른다.

세대를 잇는 내리사랑과 치사랑

자식에 대한 부모의 사랑을 우리는 '내리사랑'이라 부르고,
부모에 대한 자식의 사랑을 '치사랑'이라 부른다.

속담에 "내리사랑은 있어도 치사랑은 없다."라는 말이 있다.
치사랑은 내리사랑만큼 쉽지 않다는 의미다.

부모의 사랑은 자연스러운 본능으로 이어진다.
자식이 부모를 돌보는 사랑은
노력과 깨달음이 있어야 하기 때문이다.

인생 100세 시대를 살며
50세를 정점으로 대칭 구조로 본다면,
51세는 신체 나이 49세,
70세는 신체 나이 30세,
100세는 신체 나이 0세와 마주한다.

부모가 30세일 때 내가 태어났다면,
부모가 35세, 40세, 45세일 때
나는 각각 5세, 10세, 15세가 된다.

그러나 시간이 지나,

내가 55세, 60세, 65세가 되면

부모의 신체 나이는 역으로 15세(실제 나이 85세),

10세, 그리고 5세가 된다.

결국, 우리는 유아로 태어나 노화의 과정을 거치며

다시 유아로 되돌아가는 듯한 삶을 살아가는 것이 아닐까.

어릴 적 부모로부터 받았던 보살핌의 내리사랑을,

이제는 그대로 되돌려 드리는 것이

치사랑의 본질임을 되새겨본다.

부모가 우리에게 해주었던 사랑을

그대로 부모께 돌려드리는 것,

그것이 세대를 잇는 사랑의 완성일 것이다.

괴짜 리더의 성공 비밀

나는 일할 때와 그렇지 않을 때의 모습이 완전히 다르다.
일할 때는 매서운 눈매와 거친, 예리한 말로 업무를 챙기지만,
일이 끝난 뒤에는 바보처럼 웃고
어린아이처럼 행동하기도 한다.

직원들은 나의 이런 이중적인 모습에
알쏭달쏭 당황스러워하기도 한다.

내가 괴짜로 보일 수 있는 이유는
직원들이 일할 때만큼은 긴장감을 유지하고
섬세하게 일하길 바라는 마음 때문이다.
특히, 나는 일에 대한 존재의 의미를 강조한다.
그 이유는 식원들에게 자긍심을 심어주고 싶어서다.

미국 경제전문지 포춘이 매년
'일하기 좋은 기업'을 선정하는 기준에는
재미, 자긍심, 신뢰가 포함되어 있다.

나 역시 직원들에게
일에서 즐거움을 느끼고,
스스로에 대한 자긍심은 물론
신뢰를 쌓을 수 있는 환경을 만들고자 한다.

나는 괴짜로 평가받을 수도 있다.
직원마다 나를 다르게 평가할 수 있지만
직원들이 즐겁게 일할 수 있고
일의 의미를 느낄 수 있도록 돕는 것이
리더로서 내 길이라 믿는다.

그리고 이같이 덧붙인다.
"훌륭한 리더는 스스로 만들어지는 것이 아니라
직원들이 만들어 주는 것이다."라고.

무궁화꽃이 피는 아침

무궁화는 꽃잎이 흰색 내지는
분홍색을 띠는 꽃으로 오래 핀다.
우리 겨레를 상징하는 꽃이기도 하다.
피고 지고 다시 핀다고 해서 무궁화라 불리며,
꽃말은 끈기와 영원, 섬세한 아름다움이다.

여름이면 경찰청 담장에 무궁화꽃이 활짝 피어난다.
출근길, 가장 먼저 나를 반겨주는 것은
꽃잎을 활짝 벌리고 웃고 있는 무궁화다.
나도 입가에 미소를 머금고 반가운 마음으로
인사를 건넨다.

아침마다 무궁화와 눈인사를 나눈다.
그 친근한 모습에 흐뭇해지지만,
무궁화를 바라보는 내 눈빛에는
"국가와 국민을 위한 경찰로 거듭나는 하루가 되겠다."라는
의지와 열망이 담겨 있다.

퇴근길에 다시 만난 무궁화는
꽃잎을 오므린 채 시무룩한 모습이다.
아침의 활짝 핀 미소는 온데간데없고,
내가 떠나는 것이 아쉬운 듯 잎을 다문다.
그 모습에 나도 덩달아 시무룩해진다.

하지만 내일 아침에도
나를 반길 무궁화를 생각하면,
지친 발걸음이 한결 가벼워진다.

무궁화꽃이 피는 아침이 있기에,
오늘도 내일도 행복하다.

태극기의 의미를 다시 새기다

광복절 전날,
퇴근길에 서대문형무소를 찾았다.
유관순 열사를 비롯해 독립운동으로 순국한
애국지사의 숭고한 넋을 기리며
나라 사랑의 정신을 되새겼다.

광복절 아침, 태극기를 게양하며
일제 강점기 35년 동안
빼앗긴 땅과 주권을 되찾기 위해 흘렸던
애국선열들의 피와 눈물이 서린
태극기의 의미를 떠올려본다.

그런데 내가 사는 1,000세대가 넘는 아파트 단지에서는
휘날리는 태극기가 단 하나뿐이었다.
이 사실에 부끄러운 마음이 들었다.

안타깝게도 광복절의 의미는 점점 퇴색되고 있다.
그저 쉬는 공휴일 정도로 여겨지는 현실은
결코 가볍게 넘길 일이 아니다.

만약, 이번 광복절에 태극기를 게양하지 못했다면,
8월 남은 기간 동안 태극기를 마음에 게양하고
그 숭고한 의미를 되새겨보면 어떨까?

태극기는 단순한 상징이 아니다.
그 안에는 수많은 이들의 희생과 헌신,
그리고 우리의 자유와 자긍심이 담겨 있다.

8월, 휘날리는 태극기만 봐도
가슴이 뭉클해지는 이유는
그 속에 우리 역사의 아픔과 희망,
그리고 자부심이 담겨 있기 때문이다.

자연이 가르쳐주는 '기다림'

새봄이 찾아왔지만,
지난봄에 피었던 나뭇잎이 덩그러니 남아 있는 모습은
어쩐지 초라해보인다.
더는 그 나뭇잎에 멋이 느껴지지 않는다.

대부분 나뭇잎은 이미 가을에 낙엽이 되어
이웃 나무의 거름이 되었고,
일부는 겨울 동안 나무의 옷이 되어
혹독한 추위를 견디게 해주었다.

그러나 봄이 오면,
새싹이 돋아나도록 자리를 내어주어야 한다.
사연은 비우고 내어놓아야 할 시기를 안다.

우리네 인생도 이와 같다.
누군가에게 거름이 되고,
때로는 따스한 옷이 된 후에는
기꺼이 자리를 내어주어야 한다.

버티면 버틸수록
봄에 남아 있는 나뭇잎처럼
점점 초라해질 뿐이다.

내어놓을 적당한 시기는 사람마다 다르다.
그러나 아마도
내어놓아야 할지 고민하는 바로 그 순간이
때가 된 신호가 아닐까 싶다.

자연처럼,
우리도 비우고 내어놓는 시기를 알게 된다면
삶은 더욱 풍요로워질 것이다.

배려로 움직이는 지하철 속 세상

아침 출근길,
나는 지하철 좌석에 앉아 편히 가려고
조금 일찍 집을 나선다.

"일찍 일어나는 새가 벌레를 잡아먹는다."라는 말처럼,
부지런한 사람이 앉아서 가는 것이
당연하다고 생각하며 자리를 차지했다.

잠시 후, 만원이 된 지하철 안에
"힘들지만 나보다 더 힘든 사람에게 배려하자."라는
안내 방송이 흘러나왔다.
그 말은,
먼서 와서 앉는 게 당연하다고 여겼던
나 자신을 멋쩍게 만들었다.

주위를 살피며 중얼거렸다.
'나보다 더 힘든 사람이 있을까?'
출근길이라 그런지
주위엔 대부분 젊은 사람들뿐이었다.
지하철이 도착지의 절반쯤 왔을 때,
나는 자리에서 일어났다.
그러자 기다렸다는 듯,
내 앞에 있던 젊은 친구가 재빠르게 자리를 차지했다.

그 친구의 흐뭇해보이는 표정도 좋았지만,
그보다 내 마음이 더 따뜻해지고 흐뭇했다.

아침 출근길,
배려를 신고 달리는 지하철이
오늘 하루를 행복으로 물들였다.

잘난 체할 자격은 진정한 고수의 것

"못생긴 나무가 산을 지킨다."라는 속담처럼,
겉모습이 특별하지 않은 나무는
산속에서 오래도록 자리를 지키며 살아간다.
반면, 잘생긴 나무는 먼저 베여 목재가 된다.

그러나 진짜 잘생긴 나무,
즉 최고의 나무는 다르다.
그 나무는 '보호수'라는 이름으로
수백 년간 보살핌을 받으며,
사람들에게 감탄과 존경을 받는다.

우리 주변에도 적당히 뛰어난 고수면서
잘난 체를 하는 사람들이 종종 있다.
그들처럼 최고가 아닌 사람이 잘난 체를 하다가는
잘생긴 나무가 먼저 베이듯,
세상의 시험대에서 가장 먼저 무너지게 된다.

적당한 고수는, 고수 아닌 만도 못하다.

진정한 고수가 되려면 보호수와 같은
최고수가 되어야 한다. 그런 연유라면,
당당히 잘난 체를 해도 괜찮다.
최고의 고수만이 뛰어난 체할 자격을 갖기 때문이다.

당신은 과연 최고의 고수인가?
아니면 그저 적당한 고수인가?

최고의 고수가 아니면서 잘난 체하다가는
언젠가 큰코다칠 수 있다.
그러니 주위 사람들에게
존경과 사랑을 받는 보호수 같은 존재가 되길 바란다.

그것이 진정한 고수의 길이다.

용서로 치유되는 마음의 상처

우리는 살아가며 마음의 상처를 받기도 하고,
상처를 주기도 한다.

사람마다 상처를 받아들이는 마음의 기준이 다르기에,
상처의 깊이도 제각각이다.

특히, 상처를 주는 사람은
상대방이 얼마나 큰 상처를 받고 있는지조차
모르는 경우가 많다.
아마도 우리가 알면서 상처를 준 것보다,
모르고 더 많은 상처를 준 적이 훨씬 많을 것이다.

본의든 아니든,
상처를 준 사람이라면
진심 어린 용서를 구하는 마음을 가져보자.
적어도 미안함이라도 가져야 하지 않을까.

나도 이 자리를 빌려,
내가 상처를 준 사람들에게 진정으로 용서를 구한다.

마음의 상처가 아물지 않거나,
상처 자국이 남아 악연으로 이어지지 않도록
용서를 통해 치유하자.

진정한 행복의 비결, 베풂

누군가로부터 물질을 받을 때 느끼는 행복은
누군가에게 물질을 베풀고 얻는 행복에 미치지 못한다.

또한, 베푼 마음을 상대가 알아줄 때 느끼는 행복은
그 어떤 물질적 행복보다 크다.

그러나 상대가 자신을 알아주길 바라는 순간,
소중한 행복은 점차 사라지기 시작한다.

더 행복해지려고 애쓰는 것도 욕심이다.
행복은 노력할수록 멀어지기 쉽다.

진정한 행복은,
그저 베풀고 그것에 만족하는 데 있다.
베푼 마음을 알아주는 행복은
그저 덤으로 찾아오는 것이다.

물질이든 마음이든,
주고받음을 넘어 바라지 말라.
그저 베풀고 그것에 만족하라.
그것이 진정한 행복의 비결이다.

용서로 피어나는 사랑의 꽃

삶은 굴곡과 상처의 연속이다.
미움, 원망, 시기, 질투와 같은 마음의 상처를
우리는 누구나 안고 살아간다.

상처는 잘 아물면 흔적이 되지만,
곪으면 응어리가 된다.
이 상처는 오직 사랑으로만 치유될 수 있다.
사랑은 곧 용서의 마음이다.
용서 없는 사랑은 진정한 사랑이 아니다.

우리에게 상처를 주고받는 사람은
대개 가까운 사이,
즉 믿고 사랑하는 곁의 사람들이다.

사랑은 때로 변할 수 있지만,
용서는 영원히 실망시키지 않는다.
가장 힘들게 한 사람을 용서하고,
내가 힘들게 한 사람에게 용서를 구하자.

용서는 마음의 짐을
사랑의 흔적으로 바꾸어준다.
진심 어린 용서로 하루를 시작해보라.
당신의 마음속 상처 자국이
사랑의 꽃무늬로 가득해질 것이다.

용기의 상징, 빨간 양말

식사 자리에서 한 남자가 신은 빨간 양말이 화제가 되었다.
그 모습에 약간의 조롱 섞인 웃음꽃이 피어났다.
'빨간 양말은 남자에게 어울리지 않는다.'라는
고정관념 때문이었다.

남자의 빨간 양말을 보고 있자니 사람들 앞에서
조롱거리가 될까 망설였을 그의 마음이 느껴져 울컥했다.
조롱 대신, 그가 보여준 용기에 감동이 밀려왔다.

양말은 서양에서 온 단어 버선(襪)의 현대적 이름이다.
옷만큼 눈에 띄진 않지만 개성과 스타일을 완성하는 중요한
패션 요소다. 특히, 빨간 양말은 옷보다 더 과감한 표현이다.

어릴 적 크리스마스, 산타의 선물을 담아주었던
빨간 양말처럼 그 남자의 빨간 양말에는
웃음과 따뜻함이 담겨 있었다.

나도 용기를 내어
빨간 양말에 도전해보고 싶다.

끈질긴 생존, 바퀴벌레에게 배우다

나는 대학등록금과 생활비를 벌기 위해
두 번의 휴학 끝에 뒤늦게 졸업했다.

직장을 구하지 못해 한동안 백수로 지내며,
친구의 월셋집에서 숙식했다.
그러나 친구의 결혼과 함께
나는 낙동강 오리알 신세가 되었다.

주위 도움으로 어렵게 회사 창고에 머물게 되었다.
창고에서 바퀴벌레 수천 마리와 동거하며
기생충 같은 삶을 살았다.

바퀴벌레는 3억 5천만 년을 살아온
살아있는 화석이다.
그들의 끈질긴 생존력을 존중하게 되었다.

그때 나와 함께 해준 바퀴벌레들.
덕분에 외롭지 않았다.
고맙다, 나의 친구 바퀴벌레.

어머니의 눈망울: 그리움과 온기의 기억

혼자만의 시간이 그리울 때가 있다.
혼자 있는 시간은 인생을 멈추게 하는 것이 아니라,
악보의 쉼표처럼 삶의 리듬을 조절해준다.

혼자이고 싶다는 생각이 드는 것은,
지금 곁에 누군가가 있기 때문일 것이다.
그러나 늘 혼자인 사람은 사람의 온기가 그립다.

어머니는 명절을 기다리신다.
사람 내음이 그립기 때문이다.
명절 며칠 동안 어머니의 집은
친지와 자녀들로 북적인다.

"더도 말고 덜도 말고 늘 한가위날만 같아라." 하는
속담처럼 어머니는 하루하루가
한가위만 같기를 바라신다.

그러나 명절이 끝나면
어머니는 다시 혼자 되신다.

집을 나설 때,
어머니의 눈가에 맺힌 이슬은
사람에 대한 그리움과 외로움의 표정이다.

어머니의 눈망울은
내 마음속에서 절대 마르지 않는
샘물로 남아있다.

마음을 전하는 따뜻한 선물

내가 아는 한 지인은,
사람을 만날 때마다 조그마한 선물을 준비한다.
그분과 만나는 날이면,
이번에는 어떤 선물을 가져올까 기대가 된다.

그분은 나이가 지긋하지만,
'뒷방 노인네'가 되지 않기 위해
자신보다 젊은 사람들을 만난다고 한다.
만남 자체를 행복해하며,
눈망울에는 여전히 젊음의 열정이 가득하다.

선물은 물건 그 이상의 것이다.
주는 사람은 상대에 대한 존중과 감사를 담고 있고
받는 사람은 그 마음을 고스란히 간직하게 된다.

이처럼 선물은 단순한 물건의 전달이 아니라,
상대의 마음을 어루만지는 따뜻한 손길이다.

퇴직 후의 삶

퇴직 선배들은 이구동성으로 말한다.
퇴직 후엔 매일 할 수 있는 소일거리를 만들든지,
보수와 상관없이 출퇴근할 곳을 마련하라고.

갑작스레 퇴직한 상사와 만난 적이 있다.
그는 퇴직 후 몇 달간 책을 읽고, 여행을 다니며
여유로운 시간을 보냈다고 했다.

그러나 얼마 지나지 않아 빈둥빈둥대다가
빈둥사(死) 할 것 같다며
힘든 시간을 털어놓았다.
그 말에 웃었지만 결코 남의 이야기 같지 않았다.

퇴직 이후의 삶은 고독할 수 있다.
지금부터라도 나를 위하고,
또 다른 사람을 위한 일을 준비해야겠다.

산다는 건 기다림과 함께하는 여행이다

어릴 적엔 어른이 되길 기다렸다.
방학과 소풍가는 날도 손꼽아 기다렸다.

밤이면 아침을 기다렸고,
비 오는 날엔 어머니를 기다렸다.

학교 졸업과 군대 제대,
합격, 취업, 결혼, 자녀, 승진, 집 장만까지
인생은 끝없는 기다림의 연속이었다.

어쩌면 기다림은
신이 우리에게 준 가장 아름다운 선물이지만,
동시에 가장 고통스러운 형벌일지도 모른다.

모든 일은 기다림 속에서 일어나는 작은 일에 불과하며,
살아간다는 건 기다림과 함께 여행하는 것이다.

지금도 우리는 피할 수 없는 운명처럼
기다림 속에서 울고 웃으며 살아간다.
아직도 나는 당신을 기다리고 있다.

경찰의 정약용

정약용은 공직자의 근본을
"재물을 절약하고 검소하게 생활하는 것"이라 했다.
절약과 검소가 청렴을 낳고,
청렴이 국민을 사랑하게 만든다는 뜻일 것이다.

지금은 경찰에서 퇴직했지만
경찰의 정약용이라 불린 분이 계셨다.
이 별칭은 내가 지어드린 것이다.

그는 칼국수와 막걸리를 즐기며
30년간 검소한 생활을 몸소 실천했다.

"서민의 먹거리인 칼국수와 막걸리는
적은 돈으로 배불리 먹을 수 있어,
누군가를 대접하거나 대접받아도 부담스럽지 않다."
그의 말씀이 지금도 귀에 남아 있다.

칼국수와 막걸리를 먹을 때마다
그 청렴했던 상사가 떠오른다.

경찰조직에 그런 청백리 같은 정약용이 많아지기를 바란다.
그리고 문득 나 자신에게 묻는다.
나는 과연 얼마나 검소하고 청렴한 사람인가.

몰래 엿듣는 세상 이야기

따스한 봄날,
동네 어귀 의자에 앉아 담소를 나누는 할머니들을 보았다.
그 모습에 발걸음을 멈추고 세상 이야기를 엿들을 요량으로
빈 의자에 조심스레 앉았다.

자식과 손주 자랑이 이어졌다.
"다리가 아프다, 귀가 먹먹하다"라는
아픔의 이야기도 흘러나왔다.

할머니 한 분이 약을 먹으러 일어나시고
또 다른 분은 딸네가 온다며 자리를 뜨셨다.
남은 두 분이 서로 나이를 물으시면서
"공교롭게도 우리는 모두 아흔두 살이네." 하며 웃으셨다.

그중 한 분이 말씀하셨다.

"전엔 먹을 게 없어 못 먹었지만
지금은 먹기 싫어서 안 먹어."

다른 할머니가 이어서 말씀하셨다.

"전엔 열심히 일해도 가난했는데
지금은 게을러서 가난해."

할머니들의 이야기는
"지금 세상이 참 좋은 세상"이라는 말로
따뜻하게 마무리되었다.

좋은 말씀 몰래 엿듣고 갑니다.

"할머니들, 항상 건강하세요.
이 좋은 세상 오래도록 누리시길 바랍니다."

비 내리는 날에 그리운 당신

비가 내린다.
메마른 대지를 적시는 단비처럼,
내 마음을 담아 비와 함께 당신에게 흘려보낸다.

당신은 바로 어머니다.

어린 시절,
비 오는 날은 어머니가 집에 계셨기에 가장 좋아했다.
폐휴지를 주우며 생계를 이어가던 어머니의 고단함도 모른 채,
어린 마음엔 설렘만 가득했다.

비를 맞으며 집으로 달려와
어머니가 해주시던 부침개를 먹던 기억이 떠오른다.

창밖에 내리는 비를 바라보니,
어느새 마음속 타임머신을 타고
어머니와의 추억이 담긴 어린시절로 돌아간다.

짧은 동행, 그리운 할머니

바삐 걷던 초행길,
짐을 머리에 이고 가는 할머니가 길을 물으신다.
잘 모른다고 지나치는데,
뒤에서 "아니야"라는 짧은 외침이 들린다.

되돌아가 짐을 들어드리고
대화를 나누며 길을 찾았다.
할머니는 밭에서 돌아오는 길이라며
정류장을 지나쳐 길을 잃었다고 하셨다.

고맙다는 말을 연신 건네고 가시는
할머니의 뒷모습을 보니,
문득 나를 업고 짐을 이고 다니셨던
친할머니의 모습이 떠올랐다.

어머니의 미소: 눈물이 마르기 전에

어머니는 자식 얼굴 자주 보는 게
세상에서 가장 큰 선물이라 하셨다.

휴가를 내어 깜짝 방문했을 때,
어머니는 놀란 표정으로
"아이고, 이게 누고! 말도 없이 왔네."라며
환한 웃음으로 맞아주셨다.

사흘간 머물다 떠나는 나를 꼭 안아주시며
눈물만 흘리셨다.
요즘 들어 유독 눈물이 많으시다.

깜짝 방문 선물을 드리려다
어머니 눈물만 마음에 담아온 휴가가 되었다.

서울과 부산, 마음만 먹으면 갈 수 있는 거리지만
발걸음은 유난히 무겁기만 하다.
어머니의 눈물이 마르기 전에 자주 찾아뵈어야겠다.

사랑의 꽃이 감동의 꽃이 되다

야외 결혼식에서 받은 꽃다발.
사랑과 아름다움을 상징하는데
사용된 꽃이라 특별한 의미가 있는 꽃이다.

숲길을 걷다 공원 의자에 앉아 있는 사람 중
홀로 계신 할머니에게 마음이 갔다.

꽃을 드려도 되는지 조심스럽게 물은 뒤,
꽃을 건넸다.
할머니는 환히 웃으며
"살아생전 처음 받아보는 꽃이야!" 하며
감동을 표현하셨다.

처음이라는 말에 서글픈 마음이 들었다.
고향 어머니를 뵈러 갈 땐
꼭 꽃을 사 가야겠다.

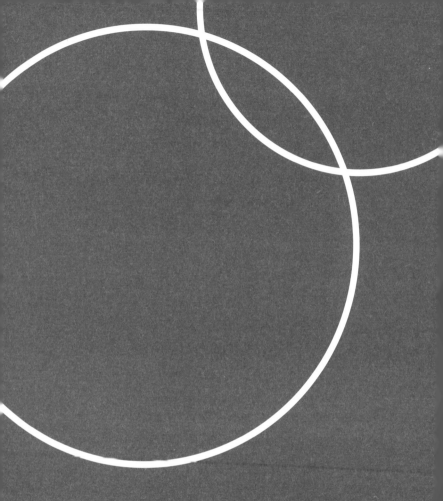

우리가 살아가는 세상과 자연을 바라보는 따뜻한 시선을 담았습니다.
일상의 풍경과 자연의 숨결 속에서 느껴지는
감동과 깨달음을 이야기합니다.
사람과 자연이 함께 만들어가는 조화로운 삶을 희망하며
작고 소소한 순간들 속에서 발견할 수 있는
아름다움을 전하고자 합니다.

삶의 교훈,
그 안에 담긴 아름다움

본드 냄새 속에서 배운 세상의 이면

대학 시절,
등록금을 벌기 위해 부산 사상공단의
신발공장에서 일한 적이 있다.

내 첫 업무는 환기구도 없는 구석진 자리에서
신발 밑창에 본드를 붙이는 일이었다.
할머니 한 분과 함께 종일 본드를 붙이며 일하다 보면,
퇴근 무렵엔 지쳐야 할 몸이 오히려 정신이 혼미해지고
실없이 웃곤 했다.

당시 본드가 뇌세포를 파괴하는 해로운 물질이라는 걸
몰랐던 나는 이후 그 사실을 알고 나서
씁쓸함을 감출 수 없었다.

그 경험은 내가 사회초년생 청년들의
열악한 노동 현실을 이해하는 데 큰 도움이 되었다.
오늘날에도 청년 노동자들이 안전 사각지대에 놓이는 일은
결코 있어서는 안 된다.

좋은 화(火)는 없다

나는 불의를 보면 참지 못하고 화를 낸다.
그 화는 과연 정당한 것일까?

얼마 전, 한 사찰의 주지 스님께 화를 다스리는 방법을 물었다.
스님도 불의를 보면 화를 낸다고 하셨다.
하지만 "좋은 화는 없다."라며 화를 다스리기 위해선
수행이 필요하다고 말씀하셨다.

스님조차도 30년 수행을 했음에도
화를 완전히 다스리긴 어렵다니,
본성을 고치는 게 얼마나 힘든지 알겠다.

타고난 본성이나 습관을 바꾸기 위해서는
매일 회개하고 기도하며 마음을 다스리는 수행의 길을
아무리 걸어도 지나침이 없을 것이다.
"세상에 좋은 화는 없다."라고 마음판에 새겨본다.

경주마처럼 고비를 넘자

나는 경주마를 좋아한다.
넘어지기도 하고 뒤처지기도 하지만,
결국, 결승선을 통과하는 경주마의 모습이 멋지다.

살아가며 삶의 결승점에 도달하려면
수많은 고비를 마주하게 된다.
그 고비를 이겨내지 못하면,
또 다른 삶의 길을 찾아 방황하게 된다.

경주마처럼 앞만 보고 결승선을 향해 달리자.
그 환희를 단 한 번이라도 맛본 후,
또 다른 도전과 경험에 나서도 늦지 않다.

삶은 자물쇠 고리를 푸는 연속이다.
열쇠는 특별하지 않다.
고비를 무조건 이겨내는 것, 그것이 해답이다.

사람다운 사람이 되는 게 먼저다

고등학교 시절,
"먼저 사람이 되자."라는 글귀를 보며
그것을 내 인생의 좌우명으로 삼았다.

사람다운 사람이 되기란 쉽지 않다.
다른 사람에게 피해를 주지 않는 것만으로도
사람다움의 출발점이다.

힘든 사람에게 손을 내밀어 줄 수 있는
맑은 영혼이 있으면 더할 나위 없다.

사람이 먼저가 아니다.
사람다운 사람이 되는 게 먼저다.

배려에서 시작되는 작은 용기, 두 줄 서기

출퇴근길,
지하철 에스컬레이터 앞에서
'두 줄 서기' 안내 방송이 흘러나온다.
하지만 아무도 아랑곳하지 않는다.

나만 시키는 대로 두 줄로 서니
왠지 멋쩍고, 때로는 뒤에서 비켜달라는 소리를 듣기도 한다.

2002년, 바쁜 사람을 배려하자는 취지로 시작된
'한 줄 서기'는 오히려 안전사고와 고장의 원인이 되었다.
그로 인해 '두 줄 서기' 캠페인이 시작되었지만
여전히 익숙하지 않은 게 현실이다.

용기 있는 사람들이 모이면 세상은 바뀐다.
더 많은 이들이 용기를 내어,
배려와 안전을 위한 두 줄 서기가 자연스럽게 정착되길 기대한다.

걱정은 더 큰 걱정을 부른다

걱정은 미래의 일이 현재 우리의 뇌를 점령하는 것이다.
걱정하면 할수록 불안과 초조함은 커진다.

티베트에는 이런 말이 있다.
"해결될 일이라면 걱정할 필요 없고,
해결되지 않을 일이라면 걱정해도 소용없다."
걱정하지 말라는 의미이다.

걱정을 줄이려면
남의 시선을 신경 쓰기보다
지금 해야 할 일에 집중해야 한다.
그리고 선택의 순간에는
직관에 맡기는 것도 필요하다.

걱정은 스스로 더 큰 걱정을 부를 뿐이다.
그냥 주어진 상황에서 매 순간 최선을 다하면 된다.
일어나지도 않은 일을 미리 걱정할 필요가 있겠는가.

주전자와 같은 겸손을 품자

주전자에는
참다운 겸손의 미덕이 있다.

주전자에 물이 채워지면
고개를 숙여서 비울 줄 알고,
다시 채워지면 또 고개를 숙여서 비운다.

채우기만 하고 비우지 않으면 고인 물이 되고
고인 물은 아무짝에도 쓸모없는 썩은 물이 된다는 사실을
주전자는 알고 있기 때문이다.

주전자 뚜껑은 널찍하여 물을 채우기에 좋고,
좁다란 수둥이는 기다래 따르기에 좋다.
주전자는 고개를 과하게 숙이면 뚜껑이 떨어지는 것도 안다.

주전자는 과도한 겸손이 아닌
참다운 겸손을 알고 있는 모양이다.

주전자에서 인생을 배운다.

봄을 알리는 목련의 꽃봉오리

목련 꽃봉오리가 동네 어귀에서
내 발걸음을 멈추게 한다.
봄이 성큼 다가왔음을 가장 먼저 알려주는 우체부 같다.

가만히 들여다보면,
목련의 꽃봉오리는 어두운 세상을 밝히는
크리스마스트리의 작은 전구를 닮았다.

하지만 전구가 스위치를 통해 빛의 향연을 벌이지만
목련은 자연의 빛으로 스스로 희망의 꽃을 피운다.

겨울잠에서 깨어난 목련이 따스한 봄 햇살 속에서
기지개를 켜면 마치 세상에도 빛과 희망이
깨어나는 것만 같다.

고개를 들어 목련을 바라보니,
내 마음속에도 희망의 꽃봉오리가
천천히 피어오르는 것을 느낀다.

봄은 기다림의 이름

2월은 시샘의 달이다.
꽃샘추위와 잎샘추위가 뒤섞인 겨울의 끝자락이다.

봄을 시샘하는 추위가 오히려 봄을
더 기다리게 만든다.

얼마나 보고 싶었으면
'봄'이라는 이름을 붙였을까.

봄은 기다림의 이름이다.
봄을 재촉하는 시샘달처럼
봄을 기다리는 마음을 담아
그대를 기다린다.

겨울나무가 버티는 이유

가을날 찬란했던 옷을 벗어버린 겨울나무.
맨몸으로 추위를 견디며 고요히 서 있는 모습이 애처롭다.

"왜 그렇게 힘들게 버티느냐" 물으면
겨울나무는,
"괜찮아. 이게 나만의 삶인걸. 나답게 버틸 뿐이야."
라고 대답한다.

겨울나무가 잎을 떨군 채
맨몸으로 버티고 또 버틸 수 있는 건
기다리면 봄이 반드시 온다는 것을 알기 때문이다.

행복의 노래를 부르는 매미처럼

주말 아침,
매미의 노랫소리가 귀에 맴돈다.
"맴맴!" 울리는 소리에 창밖을 내다보니,
매미의 노래에 맞춰 나뭇잎이 춤을 춘다.

매미는 나무속에서 알로 1년,
땅속에서 굼벵이로 5년을 보내고
세상 구경은 겨우 한 달 남짓이다.

그런데도 매미는 온종일 노래를 부른다.
그 울음소리는 행복에 겨운 노래다.

사람은 매미보다 훨씬 디 오래 세상을 살아간다.
그런 우리가 행복의 노래를 부르지 않을 이유가 어디에 있을까?

매미의 무료 공연을 들으며
행복의 참된 의미를 한번 곱씹어보자.

이슬비가 그리운 새벽

새벽, 창밖에 세찬 비가 잠을 깨운다.

비에게 물었다.
"왜 이렇게 크게 소리를 내니?"
비는 말한다.
"나는 소리를 내지 않아.
그저 땅이 아프다며 우는 소리일 뿐이야."

땅에게 물었다.
"왜 그렇게 크게 소리치니?"
땅은 대답한다.
"나는 소리를 낸 적 없어.
비가 나를 때릴 때 나는 울음이 스친 소리일 뿐이지."

비와 땅이 서로를 이해하지 못하고 남 탓을 한다.
조용히 내려와 마음을 적시는 이슬비가 더욱 그리워진다.
그 잔잔한 고요가 그 어느 때보다 간절하다.

쉬땅나무꽃처럼 함께 걸어가는 삶

퇴근길, 아파트 하단에 핀 쉬땅나무꽃이
발걸음을 멈추게 한다.

혼자 덩그러니 핀 꽃보다
무더기로 피어난 꽃이 훨씬 아름답다.

"빨리 가려거든 혼자 가고, 멀리 가려거든 함께 가라."는
아프리카 속담이 함께 가는 즐거움을 강조하듯
혼자가 아닌, 함께 걸어가는 길이 즐겁다.

그 길 위에서 우리는 외롭지 않다.
그래서 더욱 행복하다.

쉬땅나무꽃처럼
늘 함께 피고 지는 우리가 되자.

그리고 혼자 리드(lead)하지 말고
다 같이 위드(with)하며 삶의 길을 걸어가자.

무수골, 근심을 내려놓는 쉼의 마을

도봉산 자락에 숨 쉬는 작은 마을, 무수골.
졸졸 흐르는 맑은 개울물과
아침 햇살을 깨우는 새소리가 어우러져
시간마저 느리게 흘러가는 듯하다.
도봉의 웅장한 바위산이 병풍처럼 둘러싸인 풍경은
마음 깊은 곳의 먼지까지 깨끗이 씻어낸다.

계단식 다랭이논에 벼가 황금빛으로 익어가는 모습은
서울 도심 한가운데서 만난 농촌의 따뜻한 숨결 같다.
그 풍경 앞에 서면 하루의 근심도, 삶의 무게도
언제 그랬냐는 듯 풀려나간다.

250년을 품어온 느티나무 아래에서
나는 무수골의 평화 속에 깊이 스며든다.
여기서는 모든 것이 충분하고, 모든 것이 온전하다.
바람따라 흩어진 행복이 이곳에 닿은 듯,
나는 그저 감사한 마음으로 근심을 내려놓는다.

가을을 물들이는 조용한 수호자, 은행나무

은행나무는 도시의 가로수로 가장 흔히 볼 수 있는 나무다.
샛노란 은행잎이 물들어 가는 가을,
우리는 그 풍경 속에서 계절의 아름다움을 느낀다.

은행 열매의 독특한 냄새는 때로 눈살을 찌푸리게 한다.
가로수가 아니었다면,
이 향이 불청객이 되는 일은 없었을 것이다.

은행나무는 병충해에 강하고 공기정화 능력이 뛰어나
도시 환경을 지키는 데 중요한 역할을 한다.
그런데도 우리는 그 공로를 잊은 채 냄새로만 평가한다.
열매 냄새는 은행나무가 성장과 번성하는 데 도움을 주어
지구상에 가장 오래된 '살아있는 화석'이 된 것이다.

수백, 수천 년을 살아온 은행나무는
그 긴 생명력을 스스로 상처를 치유하며 유지해왔다.
팔만대장경이 은행나무로 만들어졌다는 사실처럼,
그들은 늘 우리 곁에서 조용히 그들의 가치를 입증하고 있다.

도시의 가을을 노랗게 물들이는 은행나무,
그들의 조용한 배려에 감사하며
우리도 더 따뜻한 시선과 마음을 보내야 한다.

아픈 상처를 이겨낸 흔적

산을 오르다 나뭇가지에 상처가 아문 흔적이 있는
소나무 한 그루를 보았다.

소나무가 유리알 같은 끈적끈적한 액체의 송진으로
상처를 자가 치유하고 아문 흔적이다.

그런데 안타깝게도 상처는 자연적으로 생긴 게 아닌
누군가가 칼로 상처를 낸 자국이라 눈에 밟혔다.

소나무에는 송진으로 상처를 자가 치유한 흔적이 있다면
은행나무에는 유주(乳柱)가 있다.

유주는 젖기둥이라는 뜻으로 모양이 마치 여인의
젖가슴을 닮았다고 해서 붙여진 이름이다.

오래 묵은 은행나무 나무줄기에 생긴 유주는
마치 종유석처럼 거꾸로 매달려 자란다.
이는 천 년 고목이 되어가는 과정에서
줄기에 상처가 생기면 자가 치유 방법으로
나무 진액이 흘러나와 만들어진다.

사람으로부터 받은 상처를 스스로 이겨낸
소나무에게 미안함과 고마움을 전한다.
늘 푸른 천 년 소나무가 되길 바라는 마음 간절하다.

마음의 싹이 트는 봄

3월이 되면 앙상한 나뭇가지는 새 옷을 입는다.
겨울잠을 자던 동물들은 눈을 뜨고
겨우내 움츠렸던 사람들도 기지개를 켜고
기다리던 봄을 맞이할 준비를 한다.

3월은 내가 그리도 기다리던
봄을 알려주는 알람 시계다.

차가운 겨울이 지나고
기다리던 봄이 뻐꾸기시계처럼 고개를 쑥 내미니
봄꽃을 기다리는 내 마음이 들뜬다.

봄꽃이 피면 내 마음에도 꽃이 피겠지.

기다린 봄이 성큼성큼 다가오는 소리에
우리의 관계도 봄꽃처럼 활짝 피었으면 한다.

봄꽃이 피면 보자던 그대가
너무나 보고 싶다.

사랑을 닮은 사계절

사계절은 사랑을 닮았다.

봄은 첫사랑의 설렘을 닮아
따스한 바람에 마음이 두근거린다.

여름은 불같은 열정으로,
잠 못 드는 밤을 만들어낸다.

가을은 떨어지는 나뭇잎처럼
쓸쓸함과 외로움 속에서 뼈아픈 사랑의 기억을 되살린다.

겨울은 텅 빈 나뭇가지의 원초적 모습처럼
가장 깊은 곳에서 사랑이 차분히 움튼다.

이렇게 사랑은 사계절처럼 다가오고 스며들며,
우리 마음속 깊은 곳에 흔적을 남긴다.

가을 나뭇잎

가을이 깊어갈수록
나뭇잎들은 울긋불긋 새 옷을 입고 나를 반겨준다.
그 빛깔은 마음을 물들여 가을의 온기를 전한다.

한 잎, 또 한 잎 지며 바람에 우수수 떨어진다.
발밑에서 바스락거리는 소리가
추억의 이야기를 들려준다.

엄마의 품을 떠나기 싫어
마지막까지 가지에 매달려 있는 잎들.
그 모습이 왠지 모를 애처로움을 자아낸다.

가을이 지나고 나무는 앙상한 가지로 남지만,
빈자리에는 잊을 수 없는 추억들이
따스하게 남아 있다.

마치, 우리 마음에도
가을의 흔적이 영원히 머무는 것처럼.

담쟁이의 그림

가을 아침, 따스한 햇볕을 담으며
담쟁이는 천천히 담벼락 위에 색을 입힌다.

아직 완성되지 않은 담쟁이의 인생 그림.
그러나 미완의 그림임에도 미술관의 어떤 작품보다
오래도록 내 발걸음을 붙잡는다.

나도 마음의 도화지에
천천히 나만의 색을 입힌다.
담쟁이처럼 누군가의 발걸음을 머물게 할
인생 그림을 그리며.

언젠가 미완의 그림에
화룡점정을 찍는 날이 오면,
나는 구름을 타고 하늘로 날아오를 것이다.

그날, 나의 영혼은
자유롭게 춤추는 담쟁이가 되리라.

당당한 바보의 삶

건널목 앞,
적색 신호등이 켜져 있다.
자동차가 보이지 않으니
사람들이 하나둘 무단횡단을 한다.

나는 신호를 지킬 용기와
바보가 될 용기를 선택하며
혼자 덩그러니 서 있다.

신호등이 녹색으로 바뀌자
이제야 바보가 건넌다.
그러나 그 바보의 발걸음은
당당하다.

바보가 되어도 좋다.
당당한 바보로 살자.

그대는 내 마음의 영원한 눈사람

첫눈이 내리는 날이다.
그대의 마음을 닮은 새하얀 눈이 소복이 쌓인다.

창밖 하얀 세상은 나를 순수한 동심으로 이끌고,
메마른 나뭇가지마저 눈꽃을 피운 듯 아름답게 빛난다.

저녁 무렵, 지붕 위 하얀 눈은 세상을 환하게 밝혀준다.
내 마음에도 사랑의 눈이 내리고,
그대를 닮은 눈사람을 만든다.

눈사람에 사랑의 숨결을 불어넣어 늘 함께하고 싶다.
그대는 내 마음의 영원한 눈사람.

그대를 진심으로 사랑한다.

진정한 성장의 출발점이 마음에 있다는 사실을 깊이 탐구합니다.
삶에서 맞닥뜨리는 도전과 어려움을 극복하고 더 나은 자신으로
나아가기 위해 우리의 마음이 어떤 역할을 하는지 살펴봅니다.
성장은 외적인 성취에서 끝나는 것이 아니라,
내면의 변화와 태도에서 시작됩니다.

마음에서 시작되는
성장의 답

시절 인연

"모든 일은 때가 되어야 이루어진다."
이 말은 불가(佛家)에서 자주 쓰이는
'시절 인연'의 의미를 담고 있다.
인생의 꽃이 피는 것도,
새로운 인연을 만나는 것도
그저 기다림만으로 되는 것이 아니라,
정해진 때와 시기가 맞아야
비로소 이루어진다는 뜻이다.

인연이란 참으로 묘하다.
굳이 애쓰지 않아도 만날 사람은 반드시 만나게 되고,
아무리 애를 써도 닿지 못할 사람은
끝내 스쳐 지나간다.

하지만 인연의 깊이는 다르다.
우리가 어떤 마음을 품느냐에 따라,
시절의 인연은 때로 스쳐 가는 바람이 될 수도,
평생을 함께하는 든든한 동행자가 될 수도 있다.

'시절 인연'이 어쩔 수 없는 필연이라면,
'마음 인연'은 우리가 만들어가는 것이다.
진정한 마음이 만나면
그 인연은 깊이를 더하며 단단해진다.
첫사랑처럼 애틋하고 간절한 마음으로,
길이가 아닌 깊이로 이어지는 마음의 인연을
만들어가길 바란다.

나는 당신과의 인연이
'시절 인연(時緣)'을 넘어
'마음 인연(心緣)'으로 이어지길 소망한다.

진정한 사랑은 가슴으로 느끼는 것

진정한 사랑이란
그 사람의 존재 자체를 아끼고, 있는 그대로 인정하는 것이다.

만약 지금 사랑이 힘겹게 느껴진다면,
혹시 당신은 상대를 자기 뜻대로 바꾸려 하고 있지는 않은가.
사랑이란 나의 기준으로 상대를 이해하려 애쓰는 것이 아니라,
그저 가슴으로 느끼는 것이다.

살다보면 사랑하지만 이해가 되지 않을 때도 있다.
그 이유는 아마도 우리가 뇌로 사랑하려 하기 때문일 것이다.
뇌로 생각하고 판단한 대로 말하고 행동하는 순간,
사랑은 점점 멀어져 가고 만다.

진정한 사랑은
내가 주고 싶은 것을 주는 것이 아니라,
상대가 간절히 원하는 것을 해주는 것이다.
사랑한다는 말보다 '당신이 필요해'라는 눈빛과 표정이
때로는 더 큰 위로와 감동을 전한다.

그리고 곁에서 살며시 손을 잡고
눈망울에 따뜻한 물기를 머금어보자.
그 사랑의 울림이 상대의 마음을 감싸게 될 것이다.

사랑하는 사람이 더 이상 아프지 않도록,
그의 상처를 당신의 마음으로 꼭 안아주길 바란다.
진정한 사랑은 말이 아닌 가슴으로 느끼는 것이니까.

인간관계는 물질이 아닌 마음에서 시작된다

인간관계를 원활하게 하고 싶다면,
누군가에게 주고 싶어 하는 마음만 있으면 된다.
그것이 꼭 물질일 필요는 없다.
작은 마음 한 조각이면 충분하다.

물질을 주고받는 것도 중요할 수 있다.
하지만 물질을 주면서
상대가 나에게도 그만큼 돌려주기를 바라는 순간,
관계는 서먹해지기 쉽다.

"물질로 시작한 인간관계는 결국 물질로 끝나고 만다."
이 말처럼 물질로만 엮인 관계는 깊어지기 어렵다.
누군가에게 물질을 줄 때
그 안에 진심 어린 마음을 함께 담는다면,
그 관계는 물질을 넘어 더 단단하고 따뜻해질 것이다.

마음으로 이어진 관계는 그 끝 또한 마음으로 맺어진다.
나는 이런 관계가 참 좋다.
주고받는 물질이 아니라 서로의 진심을 나누는 관계는
더 오래, 더 깊게 이어진다.

물질보다 귀한 것은 마음이다.
그 마음에서 시작된 인간관계는 삶이 우리에게 주는
가장 큰 선물이 된다.

소중한 인연의 의미

우리나라 인구수가 5,000만 명이 넘다 보니
당신과 내가 이렇게 인연으로 맺어진 확률은
로또 1등에 당첨될 확률
814만 5,060분의 1보다도 6배나 더 어렵다.

그만큼 당신과 나의 인연은
말로 다 표현할 수 없을 만큼 소중하다.
그래서일까.
우리는 인연을 떠나보내야 할 때,
언제나 아쉬움을 남기고 만다.

어느덧 12월 말이다.
눈 깜짝할 새 지나버린 한 해 속에서,
여유롭게 생각할 시간조차 없이
또 다른 만남과 헤어짐을 준비하고 있다.

인사발령, 퇴직, 혹은 삶의 다양한 이유로
우리는 곧 서로의 길을 달리하게 될지도 모른다.
그리고 또 다른 인연을 만나게 될 것이다.

하지만 기억하자.
세월의 흐름 속에서 만남과 이별이 반복되는 것이
우리네 인생이라 하더라도,
당신과 나의 이 특별한 순간은
결코 흔한 인연이 아니었다는 것을.

지금, 이 순간, 당신과 나의 인연에 감사하며
이 귀한 시간을 소중히 간직하고 싶다.

수학여행: 그리움과 성장의 기억

학창 시절을 돌아보면
수학여행은 누구나 한 번쯤은 기억에 남는 추억일 것이다.
그러나 나는 그 추억이 없다.

코로나 시기에 수학여행을 가지 못했던 학생들이
그 추억을 갖지 못했다고 아쉬워한다는 이야기를 들었다.
하지만 나의 경우는 조금 다르다.

수학여행을 못 간 이유는 그 시절 가정 형편이 어려워
학교 등록금을 내기도 벅찼기 때문이다.
수학여행이 있다는 사실조차
부모님께 알릴 수 없었다.

사실, 못 간 것이 아니라 가지 않은 것이다.
가고 싶었지만 갈 수 없었으니
결국은 못 간 것이나 다름없다.

친구들이 들뜬 마음으로 떠난 그 며칠 동안,
나는 텅 빈 학교에 홀로 남아 자율학습을 했다.
조용한 교실에서 시간을 보낼 때 느꼈던 서러움은
지금도 선명히 기억난다.

한편으론 어린 마음에 얼마나 대견했는지 모른다.
어른들께 부담을 드리지 않으려 했던 그 마음이,
그 나이에 얼마나 큰 결심이었을지,
지금의 내가 그 시절의 나를 다독여주고 싶을 정도다.

모두가 하지 못하는 그것을 못 하는 것은 견딜 수 있지만,
누구나 쉽게 하는 일을 혼자 하지 못할 때의 서러움은
참으로 쓰리고 아팠다.

그러나 그 서러움은 오늘의 나를 더 단단하게 만들어주었다.
그 기억은 아픔이었지만 동시에 나를 지탱해주는
따뜻한 추억으로 남아 있다.

문제의 해답은 마음속에 있다

우문현답(愚問賢答).

수준 낮은 질문에도 현명하고 정확하게 답하는 것을 뜻하는

이 사자성어는, 때로는 현장의 지혜를 강조할 때도 사용된다.

"우리의 문제는 현장에 답이 있다."라는 말처럼,

문제를 해결하려면 현장의 목소리에 귀를 기울여야

한다는 데에는 나 역시 깊이 공감한다.

하지만 현장에 답이 있다 하더라도,

그곳에서 답을 찾지 못하거나,

답을 알면서도 실천하지 않는 경우는 얼마나 많은가.

어떤 마음을 품느냐에 따라 현장은 다르게 보인다.

아는 것을 행동으로 옮기지 않는다면

아는 것은 모르는 것과 다를 바 없다.

그래서 나는 이렇게 말하고 싶다.

"우문심답(愚問心答), 우리의 문제는 마음에 답이 있다."

현장에서 답을 찾기 전에,
먼저 내 마음속에서 답을 찾아야 한다.
마음속에서 찾은 답은 문제를 바라보는 시선을 바꾸고
행동으로 이어질 용기를 준다.

마음속에 답을 찾는 것이 우선일 때,
비로소 세상이 더 분명히 보이고
그 답을 실천하는 힘이 생긴다.

고독과 아픔은 성장하기 위한 과정이다

세상에는 두 종류의 곤충이 있다.
날개가 있는 곤충과 날개가 없는 곤충.
당신은 어떤 곤충을 닮고 싶은가?

날개가 없는 곤충은 먹고 자는 즐거움에만 매달리며,
평생 땅을 기어 다닐 수밖에 없다.
혹시 당신도 재물을 모으고 권력을 쌓는 것을
인생 최고의 목표로 삼고 있다면,
날개 없는 곤충의 삶과 다를 바 없을지 모른다.

그러나 날개가 있는 곤충은 다르다.
날개를 얻기 위해 절대 고독의 번데기 시절을 거치고,
자신의 능껍질을 스스로 벗어내는
고통스럽고 쓰라린 과정을 반드시 감내해야 한다.

만약 그 고통과 쓰라림을 이겨내지 못한다면,
날개를 얻는 대신
기어 다니는 곤충으로 머물게 될 것이다.

지금 당신이 겪고 있는 고통과 아픔은
바로 날개를 얻기 위한 과정이다.
그러니 감사하자.
지금의 고통을 견디며 다시 태어날 준비를 하자.

그렇게 얻은 날개는
기어 다니는 이들이 결코 누릴 수 없는
하늘을 나는 기쁨과 자유를 선사한다.

진정한 행복과 즐거움은
고독과 쓰라림을 견디고 이겨낸 자에게만 허락되는
귀하고 값진 날개와도 같다.

때로는 자신의 결점을 청소하자

"남의 잘못을 말하는 것은 식은 죽 먹기"라는
속담처럼 누구나 남의 흠을 드러내고
흉보는 데는 익숙하다.

하지만 흠이 없는 사람은 없다.
다만 자신의 흠은 작게 보이고
남의 흠은 크게 보일 뿐이다.
왜일까?
그것은 자신의 흠을 보려고 하지 않기 때문이다.

남의 흠을 잡고 모으다 보면
결국 자신의 흠만 더 쌓여간다.
자신의 흠이 커질수록 남의 흠도 더 커 보인다.

사실, 남의 흠이 잘 보인다는 것은
자신의 흠이 많다는 증거다.
아름다운 나비가 되기 위해
자신의 허물을 벗어야 하듯,

오늘은 자신의 내면을 돌아보고
눈에 보이지 않는 결점까지 깨끗이 청소하는
하루를 만들어보자.

결점과 허물을 정리한 뒤에는
더 가벼운 마음으로, 더 아름다운 모습으로
세상을 향해 날아오를 수 있을 것이다.

주는 것은 적금, 받는 것은 대출금

우리는 내가 누군가에게 준 것은 쉽게 기억하지만
받은 것은 금세 잊어버리곤 한다.

그래서 나는 달력에 일정과 계획을 적는 것처럼
주고받은 것을 매일 기록한다.
그리고 한 달의 마지막 날,
그동안의 주고받음을 결산하며 자신을 돌아본다.

내가 받은 것들을 하나하나 확인하며
감사한 마음을 새긴다.
누구나 노력 없이 무언가를 받길 바라고,
"공짜만큼 좋은 게 또 있을까?" 싶을 때가 있다.
나 역시 마찬가지다.
받는 것은 언제나 기분 좋은 일이다.

하지만 한 달을 돌아보는 그날,
내가 준 것이 많을 때는 마음속에 뿌듯함과 행복이 차오른다.
반면, 받은 것이 많으면
어느 날인가 반드시 돌려주어야 할 빚처럼 느껴진다.

그래서 나는 이렇게 생각한다.

'준 것은 적금이며, 받은 것은 대출금이다.'

준 것은 시간이 지나도 나에게 돌아오는 기쁨이 되고,

받은 것은 언젠가 갚아야 할 책임감으로 남는다.

다행히 이번 달,

나는 준 것이 더 많아 마음이 따뜻하다.

준다는 것은 단순한 손실이 아니라,

마음의 적금을 쌓는 일이란 걸 다시 한번 깨닫는다.

이제 당신도 잠시 돌아보자.

이번 달, 당신은 무엇을 주었고 무엇을 받았는가?

받은 것에 감사하며,

무엇인가를 줄 수 있었던 순간에

더 큰 행복을 느껴보자.

행복은 내 안에서 찾는 것이다

우리는 모두 행복을 위해 살아간다.
그리고 다른 사람도 행복하기를 바란다.

미국의 정신분석학자 시어도어 루빈은
"행복은 입맞춤과 같다. 행복을 얻기 위해서는 누군가에게
행복을 주어야 한다."고 말했다.

행복은 거창한 것이 아니다.
그것은 그림 속의 숨은 그림처럼
우리 주변에 이미 숨어 있다.
누군가 먼저 찾는다고 해서 사라지지 않으며
누구나 각자의 방식으로 발견할 수 있다.

아침 햇살, 부드러운 바람,
창밖의 하늘, 떨어지는 낙엽,
커피 한 잔, 저녁 노을, 그리고 오늘 마주한 당신.
이 모든 것이 행복의 그림이다.

행복은 스스로 찾는 것이며,
찾고자 하는 사람만이 가질 수 있다.
누군가의 행복을 바라지만
아무도 다른 사람의 행복을 대신 만들어 줄 수는 없다.

지금 이 순간,
당신 주위에 숨은 행복을 찾아보라.
작은 순간들이 모여
당신의 하루와 삶을 환하게 비출 것이다.

얼죽아와 얼죽사

요즘 젊은 세대는 한겨울 추위에도
'아아(아이스 아메리카노의 줄임말)'를 고집한다.
그들은 아이스 아메리카노를 사랑하는 마음을
'얼죽아(얼어 죽어도 아이스 아메리카노)'라는
단어로 표현하며 그 열정을 드러낸다.

반면, 기성세대는 따뜻한 '뜨아(뜨거운 아메리카노)'를
더 선호한다.
이 간단한 차이 속에도 세대의 취향과 마음가짐이 녹아 있다.

나는 생각한다.
커피를 향한 '얼죽아'같은 이 마음이
사람을 향한 사랑에도 담길 수 있기를.

사랑은 처음에는 뜨겁고 열정적이지만
시간이 지나면 온도가 서서히 내려가기 마련이다.
어쩌면 사랑의 온도는 영하로 떨어질지도 모른다.

그러나 추워도 찬 음료 마시는 사람처럼,

그 온도가 어떤 상황에서도 변하지 않는 마음을 품을 수 있다면

그 사랑은 진정한 '얼죽사(얼어 죽어도 사랑한다)'가

될 것이다.

나는 당신을 위해서라면

얼어 죽어도 변치 않는 마음을 간직할 것이다.

당신은 나에게 진정한 의미의 '얼죽사'.

즉, 얼어 죽어도 소중한 사람이다.

돈으로 살 수 없는 마음의 약

몸에 좋은 10대 건강식품이 있다.
토마토, 브로콜리, 귀리, 연어, 시금치, 견과류, 마늘, 머루,
적포도주, 녹차.
그러나 이보다 훨씬 더 귀하고 강력한 약이 있다.
이 약은 어디에서도 살 수 없고,
돈으로도 살 수 없는 마음의 약이다.

첫째, 웃으면 나오는 엔도르핀은 스트레스를 녹인다.
둘째, 감사하면 나오는 세로토닌은 우울함을 사라지게 한다.
셋째, 운동하면 나오는 멜라토닌은 불면증을 치유한다.
넷째, 사랑하면 나오는 도파민은 혈액순환을 도와준다.
다섯째, 감동하면 나오는 다이돌핀은 만병통치약이다.

이 약들은 부작용도 없고,
늘 당신의 마음속에 준비되어 있다.
웃고, 감사하고, 운동하며, 사랑하고, 감동을 나누는 하루.
그 하루가 당신을 치유하고 강하게 만들 것이다.

진정한 건강은 마음에서 시작된다.
아무리 몸이 건강하더라도, 마음이 불편하면
진정한 평화와 행복을 누리기 어렵다.

마음의 건강을 우선시하는 삶이야말로
우리 자신에게 가장 강력한 치료제이자
삶을 풍요롭게 만드는 근본적인 해답이다.

벌레의 교훈: 용기의 길

"일찍 일어나는 새가 벌레를 잡는다."
부지런한 사람이 기회를 얻는다는 이 속담은 우리에게 익숙하다.
하지만 이 말을 벌레의 입장에서 생각해보면 어떨까?
일찍 일어난 벌레는 새의 먹잇감이 되고 만다.

결국 모든 일은 누가, 어떤 관점으로 바라보느냐에 따라
그 결과가 좋을 수도, 나쁠 수도 있다.

그러나 생각을 조금 바꿔보자.
일찍 일어난 벌레는 새에게 잡힐 위험도 있지만,
아침 이슬을 머금은 싱싱한 풀잎을 맛볼 기회도 얻는다.

벌레는 새가 될 수 없다.
그렇다면 새를 두려워하며 숨어 지내는 대신,
벌레로서의 삶을 즐기며 살아가는 것이 더 낫지 않을까?

새의 먹잇감이 될까 두려워
게으른 벌레로 남기보다는,
부지런히 움직이며 자신의 길을 가는 것이
더 행복한 선택일 것이다.

자신에게 주어진 삶을 받아들이자.
불평과 두려움에서 벗어나
자신의 자리에서 용기 있게 도전하길 바란다.
당신이 걸어갈 그 길을 응원한다.

나의 퇴근을 알리지 말라

"나의 죽음을 적에게 알리지 말라."
충무공 이순신 장군의 이 유명한 말은
후세에까지 깊은 울림을 준다.

나는 이 말을 빗대어,
"나의 퇴근을 상사에게 알리지 말라"는 원칙을 세웠다.

관리자로서 직원들이 퇴근할 때
굳이 인사를 하지 않도록 했다.
자리에서 보이지 않는다면
퇴근했음을 자연스럽게 받아들이면 되는 일이다.

물론 상사에게 인사하는 것이 예의라고 생각하는 사람도 있다.
그러나 직원들은 이 '이순신 장군 퇴근' 방식을 더 좋아한다.
그들은 번거로운 절차 없이 자유롭게 퇴근하며,
더 편안한 마음으로 업무와 일상의 균형을 찾는다.

오늘도, 내일도,

"나의 퇴근을 알리지 말라."

이순신 장군의 말처럼,

이 원칙은 직원과 관리자 모두에게 유익한 지혜가 된다.

퇴근의 순간은 일과의 끝을 의미하지만,

그것이 곧 하루의 성과나 일에 대한 결론은 아니다.

퇴근 이후의 시간은 각자의 삶을 풍요롭게 하는

소중한 부분이며,

이 시간이 존중될 때 우리는 더 나은 업무 환경과

행복한 일상을 함께 만들어갈 수 있다.

마음의 틀: 다름을 인정하는 법

창과 문틀은 처음에는 딱 맞아 보이지만
시간이 지나면 자연스럽게 뒤틀어진다.
이처럼 마음의 틀도
처음에는 잘 맞는 것 같아도
살다보면 점점 어긋나기 마련이다.

처음에 누군가와 마음이 잘 맞는다고 느끼는 것은
순간적인 공감이거나,
서로 노력하며 맞추려는 과정에서 오는
착각일 수 있다.

우리는 살면서 가족, 친구, 동료와 함께하며
점차 마음의 틀이 어긋나는 순간을 마주한다.
그것은 마음이 뒤틀어진 것이 아니라,
처음부터 완벽하게 맞는 틀이란 없었음을 깨닫는
과정이다.

다름은 나쁜 것이 아니다. 틀린 것도 아니다.
다름은 본래 그러한 것이다.

마음의 틀이 서로 다르다는 것을 인정할 때,
비로소 우리는 관계 속에서 더 큰 여유와
이해를 얻는다.

완벽하지 않은 마음을 있는 그대로 받아들이자.
그것이야말로 더 깊고 진솔한 관계를 열어가는 첫걸음이다.

맑은 마음의 소리

층간소음 문제는
단순히 소리를 주고받는 이웃이 아니라,
마음을 주고받는 이웃이 된다면 자연스럽게 해결될 것이다.

똑같은 소리도
내 마음의 상태에 따라 전혀 다르게 들린다.
마음이 맑으면
그 소리는 맑고 부드럽게 들리지만,
마음이 흐리면
그 소리는 귀를 거슬리는 소음이 되고 만다.

누군가의 말도 마찬가지다.
미워하는 사람의 말은 귀에 거슬리지만,
좋아하는 사람의 말은
맑고 기분 좋은 새소리처럼 들린다.

소리가 맑게 들리는 이유는
소리 자체가 맑아서가 아니다.
듣는 마음이 맑기 때문이다.

맑은 마음을 품으면
세상의 모든 소리가 아름다워진다.

우리의 마음이 세상을 맑게 만든다.
그런 맑은 마음이 세상을 비추면
그 속에서 모든 것이 평화롭고 아름답게 느껴진다.
맑은 마음으로 하루를 살아가자.

슬픔이 찾아오면 슬프다고 말하자

슬픔은
우리의 자존감이 상처받고,
무언가에 집착하면서 생겨나는
불안하고 흔들리는 감정이다.

어찌할 수 없는 슬픔이 찾아온다면
그것을 부정하지 말고
"나는 슬프다"라고 솔직히 이야기하자.

슬프면
그 슬픔을 온전히 느끼는 것도 괜찮다.

슬퍼하는 나를 억누르지 말고,
그대로 받아들이면
어느 순간 마음이 한결 가벼워진다.

슬픔을 허락하고,
울고 싶다면 한참을 울어도 좋다.
그렇게 울고 나면
슬픔의 끝자락이 서서히 모습을 드러낸다.

슬픔은
슬퍼할 때 비로소 사라진다.

괜찮다. 정말 괜찮다.
오늘만큼은 자신에게 온전히 휴식을 주고
그 슬픔을 인정하며 지나가게 두자.
어떤 날은 슬픔도, 고통도
우리가 성장하는 중요한 순간일지도 모른다.

행복을 실은 출근길

아침에 걸어서 출근할 수 있다는 건 참으로 큰 복이다.
한 걸음 한 걸음 내딛다 보면,
평소에는 잘 보지 못했던 도봉산과 북한산의 정상이
눈앞에 펼쳐진다.

때로는 안개와 구름에 감춰져 있다가
어느 날은 정상만 살짝 고개를 내민다.
그 모습을 볼 때마다 마음이 설레고
출근길의 발걸음이 한결 가벼워진다.

걷다 보면 나만의 작은 쉼터가 있다.
커피숍과 책이 진열된 구청 로비.
여름에는 더위를 식히고,
비 오는 날에는 잠시 비를 피할 수 있는 공간이다.

로비 의자에 앉아 향긋한 커피 향을 맡으며,
한 소절의 시를 읽다보면
그 순간이 마치 세상 모든 행복을 품은 듯하다.

사무실에 도착하고 나서도
내일 아침의 출근길이 벌써 기다려진다.
그 길에는 언제나 행복이 실려 있기 때문이다.

매일 반복되는 일상 속에서
그 길은 작은 기쁨과 설렘을 안겨준다.
하루의 시작이 반갑고
그 길을 걸을 때마다 마음은 가벼워진다.

출근길은 단순한 이동이 아니라
내일의 희망과 새로운 만남을 예고하는 여정이다.

진짜 의리는 배려하는 마음에서 나온다

의리란 사람과의 관계에서 마땅히 지켜야 할 도리다.
그 도리는 상대를 배려하는 한결같은 마음에서 시작된다.

한결같은 마음은 변하지 않는 고정된 마음이 아니다.
오히려 상황과 환경에 맞춰 변하는 것이다.
의리 역시 부드럽게 변화하며 상대를 배려하는 것이다.

의리가 과거의 생각과 환경에만 머무른다면
기대와 바람이 점점 커지게 되고,
그로 인해 배려가 사라지면
진짜 의리는 이제 유지될 수 없다.

의리를 저버리고 '의리 없다'라고 쉽게 말하지 말자.
진짜 의리란, 상대의 변화에 맞춰 배려를 더 하는 것이다.

하지만 사람은 종종 상대가 잘나가거나 변하면
서운함을 느끼고 의리를 시험에 들게 한다.

"있을 때 잘해라. 해줄 수 있을 때 잘해라."라는 말은
상대의 변화에 적응하지 못하고,
오히려 자신의 기대와 바람을 키우는 말에 불과하다.

기대와 바람이 클수록 서운함도 그만큼 커진다.
그리고 서운함이 쌓일수록 의리는 서서히 무너지고 만다.

진짜 의리는 상대에게 아무것도 바라지 않는
순수한 마음에서 시작된다.
오히려 상대가 더 잘되기를 바라는
한결같은 배려와 진심에서 비롯된다.

배려가 담긴 의리는
시간이 지나도 변치 않는 진정한 관계를 만들어낸다.

응어리

살아온 세월에 쌓인
녹슨 응어리.

깊은 골짜기에서
발버둥, 발버둥….
설움만 더해진다.

살아갈 세월에 놓인
무거운 덩어리.

희미한 불빛 아래서
안간힘, 안간힘….
근심만 쌓인다.

그러나 긴 한숨을 토해내니,
설움과 근심이
홀가분하게 흩어진다.

숨을 깊이 들이쉬며
이제 다시 출발이다.

새로운 시작은 언제나 긴장과 설렘을 동반하지만
그 속에서 우리는 성장하고, 진정한 자신을 발견한다.
그 길이 험난하더라도
한 걸음씩 내디딜 때마다 우리는 더 강해지고,
마침내 원하는 곳에 도달할 것이다.

무소유가 가르쳐준 삶의 이치

법정 스님은 말씀하셨다.
"무소유란 아무것도 갖지 않는 것이 아니라,
불필요한 것을 갖지 않는 것이다."
세상을 살아가며 모든 소유를 버리는
완전한 무소유는 불가능하다.
그러나 진정한 무소유란,
불필요한 것을 내려놓는 삶의 태도에서 시작된다.

먼저, 무엇이 불필요한지 깊이 생각해보아야 한다.
법정 스님께서 말한 불필요한 것이란,
'지금 당장' 필요하지 않은 것들이다.
우리가 지금 당장 쓰지 않는 무언가를 소유하면
그 소유는 결국 또 다른 얽매임으로 이어진다.

살다 보면 불필요했던 것이 필요해질 때도 있다.
하지만 아직 필요하지 않은 것을 미리 쌓아두는 집착은
자신을 짐으로 누르는 무거운 소유가 된다.

진정한 무소유는,
그 소유를 내려놓아 필요한 누군가에게
내어주는 것으로 시작된다.

'지금 당장' 필요하지 않다면 소유하지 않는 것
이것이 무소유의 핵심이다.

무소유의 삶을 살다 보면,
언젠가 '무소유조차 소유하지 않는 삶의 이치'를
깨닫게 될 것이다.
무소유는 단순히 물질을 덜 갖는 것이 아니라,
마음과 생각까지 가볍게 만드는 여정이기도 하다.

무엇을 소유하고, 무엇을 내려놓을지에 대한 고민 속에서
우리는 더 깊은 자유를 만날 수 있다.

고개가 기억하는 퇴근길

퇴근길은 15년간 매일 걸었던 익숙한 길이다.
핸드폰을 보며 걸어도,
술에 취해도,
혹은 아무 생각 없이 발길 닿는 대로 걸어도,
언제나 집에 도착한다.
그러나 정작 그 길을 어떻게 왔는지는 잘 기억나지 않는다.

아마도 퇴근길을 기억하는 것은 뇌가 아니라
발일 것이다.

그런데 오늘,
문득 고개를 살짝 들어보았다.
늘 다니던 길인데도,
마치 처음 걷는 길처럼 낯설고 새롭게 느껴졌다.

건물들 사이로 둥근 달이 얼굴을 내밀고,
낯익은 건물 하나하나가
퍼즐 조각처럼 새로운 그림으로 다가왔다.

그저 고개를 조금만 들었을 뿐인데
퇴근길이 이렇게 아름다울 수 있다니.
발걸음이 멈추고
눈망울이 반짝였다.

발이 기억하는 퇴근길에서
고개가 기억하는 퇴근길로 바뀌는 순간,
익숙한 하루의 끝이 더없이 즐겁고 특별해졌다.
그 순간, 매일 같은 길이 새로운 의미로 다가왔다.

절실한 마음으로 도전하자

살아가면서 실패를 겪지 않은 사람은 없다.
우리의 삶은 종종 꼬불꼬불한 길로 돌아가야 할 때가 많고,
그 시행착오 속에서 비로소
똑바른 지름길을 찾게 되기도 한다.

그래서 우리는 흔히 "실패는 성공의 어머니"라 말한다.
하지만 모든 실패가 성공을 보장하지는 않는다.
대충 도전해서 얻은 실패는
차라리 도전하지 않은 것만 못하다.

진정으로 절실한 마음으로 도전했을 때,
비록 실패하더라도 그 경험은
성공 못지않게 값진 삶의 자산이 된다.

절실함은 삶의 에너지다.
그 마음으로 도전할 때,
우리는 실패 속에서도 삶의 의미와 가치를 발견한다.

삶은 끊임없는 도전의 연속이다.

도전해야 한다면 절실한 마음으로 도전하자.

그렇게 하면, 결과가 어떻든

삶은 우리에게 값진 선물을 선사할 것이다.

절박함이 기적을 만든다

한 달 동안 작성해야 할 리포트가 있다고 해보자.
과제물을 받은 첫날과 제출 마지막 날은
똑같은 하루지만,
집중력과 결과는 전혀 다르다.

첫날, 우리는 '아직 시간이 많다'라는 안도감에
리포트 작성에 집중하지 못한다.
하지만 제출 마지막 날이 되면
'남은 시간은 단 하루뿐'이라는 절박함이
뇌의 고도의 집중력을 끌어올린다.

결국, 같은 하루라도
시간의 부족이 아니라 절박함의 부족이
성과의 차이를 만든다.

절박함은
뇌를 깨우고 집중력을 극대화하며,
우리의 가능성을 끌어올린다.

그리고 그 절박함 속에서 우리는
인생의 전환점을 발견하게 된다.

시간은 누구에게나 공평하다.
그러나 그 시간을 어떻게 활용하느냐는
우리의 절박함과 의지에 달려 있다.

절박함으로 오늘을 살아가자.
그 절박함이 당신을 목표로 향한 길로 이끌 것이다.

세상에서 가장 귀한 옷, 양심

내가 가장 좋아하는 시는 윤동주의 〈서시〉다.
"하늘을 우러러 한 점 부끄러움이 없기를…"
이 시는 내 삶의 지침서가 되었다.

우리는 종종 겉으로 보이는 멋과 화려함에 마음을 빼앗긴다.
많은 사람이 명품 신발과 옷으로 자신을 치장하며
더 돋보이고 싶어 한다.
하지만 겉모습이 화려하다고 해서
명품 사람이 되는 것은 아니다.

진정한 명품은 겉으로 드러나는 것이 아니라
내면에서 빛나는 것이다.
최고의 명품 옷은 인격적인 가치를 지키려는
양심이라는 보이지 않는 속옷이다.

하늘을 우러러 한 점 부끄러움이 없는 양심.
그것이야말로 우리의 가장 귀하고 아름다운 명품이다.

오늘도 나는 내게 주어진 길을 걸어가며,
하늘을 향해 부끄럽지 않은 삶을 다짐한다.
그대도 스스로 가장 귀한 양심의 옷을 걸치며
당당하게 살아가기를 소망한다.

다언다행의 삶을 살자

"말하기는 은이고 듣기는 금이다."
귀가 두 개이고 입이 하나인 것은
듣는 것이 더 중요하다는 뜻이라지만,
침묵이 항상 금이 될 수는 없다.

말하는 사람은 듣는 사람에게 지혜를 전해주는 사람이다.
씨를 뿌리는 농부가 없다면
열매를 거둘 수 없는 것처럼,
말하지 않는다면 변화도, 깨달음도 없다.

조직을 진정으로 사랑하는 사람은 침묵하지 않는다.
눈치와 보신주의를 넘어
'아니요'라고 단호하게 말할 수 있는 사람이
진정으로 조직의 운명을 바꾼다.

예스맨과 과묵함이 미덕으로 여겨지는 조직은
결국 무너지고 만다.
그런 조직에서는 누구도 잘못을 바로잡을 용기를 내지 못한다.

침묵은 항상 금이 아니다.
때로는 말을 해야 하고 행동으로 옮겨야 한다.
많은 말이 큰 변화를 가져오는 '다언다행(多言多行)'의
삶을 살아가자.

나는 문제없어!

가수 황규영의 노래 〈나는 문제없어〉는
젊은 시절 나를 버티게 해준 노래다.

외롭고 힘들던 시련 속에서
죽음의 문턱을 넘나들던 그때,
이 노래는 내게 삶의 희망을 가져다주었다.

"이 세상 위에 내가 있고,
나를 사랑해주는 나의 사람들과
나의 길을 가고 싶어."

나는 이 가사를 하루에도 수십 번씩 되뇌었다.
"여기서 끝낼 수는 없잖아. 나의 길을 갈 거야."
이 말은 내 삶의 주문이 되었고,
내가 꿈꾸던 길을 현실로 만들었다.

지금도 힘겨움이 닥칠 때마다
혼잣말로 중얼거린다.
'나는 문제없어.'라고.

당신도 문제없어.
여기서 멈출 수는 없잖아.
힘들 때마다 '나는 문제없어!' 하며
당신의 길을 믿고 나아가봐.
당신은 충분히 할 수 있으니까.

적당한 채움과 비움의 삶

우리 모두에게는 각자의 인생 항아리가 있다.
그 크기와 모양은 저마다 다르지만 중요한 것은
그 항아리를 어떻게 채우고 비우는가이다.

항아리를 가득 채우기만 하면 고여서 곪아버리고,
완전히 비워두면 바닥이 드러나 굶주리게 된다.
채움과 비움을 적절히 반복해야만
곪지도 굶지도 않는 삶을 살 수 있다.

남의 항아리가 더 크다고 부러워하지도 말고,
내 항아리가 더 크다고 자만하지도 말자.
크기와 상관없이, 내 항아리에 '적당한 만큼'만
채우고 비우 는 것이 중요하다.

"지금 부족하다면 천천히 채우고,
넘친다면 바로 비워내라."
그 균형 속에서 우리는 행복을 찾을 수 있다.

인생 항아리가 썩지도, 바닥이 드러나지도 않도록
적당한 만큼 채우고 비우며,
균형을 이룬 삶을 살아가기를 소망한다.

벽돌 한 장 한 장 쌓는 마음

우리는 일을 하며 성과를 내고 그 대가를 얻기를 기대한다.
하지만 더 중요한 것은 후임자가 더 큰 성과를 낼 수 있는
기반을 만드는 것이다.

성과를 급하게 내려 하다 보면
기초가 부실해지고, 결국 무너지는 결과를 낳는다.
건물을 짓는 데 가장 중요한 것은 기초공사다.
튼튼한 벽돌 한 장을 쌓는 마음으로 시작해야
다음 사람이 그 위에 더 단단한 벽을 쌓을 수 있다.

전임자가 쌓은 벽돌이 부실하면
후임자의 노력이 아무리 뛰어나도 금세 무너진다.
반대로 전임자가 부실하게 쌓은 벽돌은
후임자에게 짐이 된다.

존경받는 전임자와 후임자가 되려면,
완공에 대한 욕심을 내려놓고
한 장의 벽돌을 견고히 쌓는 마음으로 일해야 한다.

전임자가 닦아놓은 길을 후임자가 이어받아
함께 손을 맞잡고 나아갈 때,
그 바탕 위에 언젠가는 아름다운 건물이 완성될 것이다.

소통의 지혜: 인디언 스틱 소통법

"낄 때 끼고 빠질 때 빠져라."
이 말은 대화 속에서 눈치껏 행동해야 한다는 뜻이다.
그러나 종종 우리는 반대로 행동하거나,
말의 타이밍을 놓쳐 불편한 상황을 만들기도 한다.

인디언 스틱 소통법은
이런 혼란을 막기 위한 좋은 방법이다.
막대기를 가진 사람만 발언권을 가지며,
막대기를 가지지 않은 사람은 그 이야기를 경청해야 한다는
단순한 소통 방식이다.

막대기가 하나일 때,
모든 사람의 목소리는 존중받고 대화는 질서를 가진다.
하지만 막대기가 여러 개로 나뉘면
대화는 흐트러지고,
서로의 이야기가 제대로 전달되지 않는다.

"듣기보다 더 큰 위로는 없다."라는 말이 있다.
자신의 말보다는 상대방의 말을 들어주는
인디언 스틱법으로 소통하면 어떨까?
경청하는 마음과 질서 있는 대화를 통해서만
모두가 진심으로 이어질 수 있으니까.

끝까지 함께하는 좋은 인연

진정한 좋은 인연은 시작이 아니라
마지막이 좋은 인연이다.

인연은 내 의지와 상관없이 시작되지만,
그 끝은 내가 어떤 마음과 행동을
갖느냐에 따라 결정된다.

"끝까지 함께할 인연을 만들고,
그 선택은 오롯이 자신의 몫이다."

지금까지 만난 많은 사람 중,
마지막까지 함께할 좋은 인연은 얼마나 될까?
떠나면 잊히는 관계가 대부분이라면,
그 인연은 진정한 좋은 인연이 아니었을지 모른다.

좋은 인연은 한쪽의 일방적인 노력으로
이루어지지 않는다.

서로의 마음이 진정으로 맞닿을 때,
그 인연은 끝까지 이어진다.

지금 우리가 맺고 있는 인연이 시작만큼
끝까지 아름답기를 진심으로 희망한다.

깨끗한 성품을 지키는 내면의 힘

더러운 물을 깨끗하게 하는 것은 어렵지만,
깨끗한 물을 더럽히는 것은 한 방울의 오물로 충분하다.
우리의 삶도 마찬가지다.
깨끗한 성품을 지키는 것은 큰 노력이 필요하지만,
그 성품을 무너뜨리는 것은 한순간이다.

지금까지의 삶에 많은 유혹이 있었고
앞으로도 있을 것이다.
솔직히 말하자면,
유혹을 이겨냈다기보다 운이 좋았기에
여기까지 올 수 있었다고 느낄 때도 있다.

그러나 깨끗한 성품을 지키는 길은
항상 쉽지 않다.
불편함과 고통, 비판을 피하려는 인간 본능을 넘어
그것들과 정면으로 마주해야만 가능하다.

깨끗하고 올바른 성품은 본능을 넘어서려는
지속적인 노력이다.
한순간의 실수나 유혹에 휘둘리지 않고,
맑고 고운 물처럼 살아가는 것이 중요하다.

상처 속에서 피어나는 사랑

마음의 상처는 흔적을 남긴다.
그 흔적이 많을수록,
우리는 다른 사람들의 아픔을 더 깊이 이해하고
그들의 상처를 보듬을 힘을 얻게 된다.

나도 한때 아프고 힘겨웠다.
지금도 때로는 힘들다.
그렇기에,
당신이 겪는 아픔과 힘겨움이 어떤 것인지 알 수 있다.
그 마음을 내가 품어줄 수 있다.

아픈 마음은 그냥 두어서는 안 된다.
치유하지 않으면 곪아버릴 수 있다.
아프면 아프다고 말하라.
힘겨우면 힘겹다고 말하라.
그 말이 치유의 첫걸음이다.

당신의 상처에서 피어난 사랑은
또 다른 누군가에게 위로와 희망의 씨앗이 된다.
그 사랑은 누군가의 아픈 마음을 치유하며,
그들이 다시 일어서도록 돕는 따스한 빛이 된다.

고집불통 리더십의 함정

고집불통은 자기주장만 고집하며
타인의 의견을 무시하는 태도를 말한다.
특히, 나이가 들고 직급이 높아질수록
이 고집불통은 가장 경계해야 할 함정이다.

판단이나 선택에 대립이 생길 때,
최악의 상황과 결과를 예측하고
그 가능성을 받아들이는 태도가 중요하다.
'설마 그런 일이 있을까?'라는 안일함은
반복된 실수와 잘못을 낳을 뿐이다.

최선을 다하는 사람일수록 고집불통에 빠지기 쉽다.
최선을 다하기 전에,
최악의 가능성을 먼저 예측하라.
그리고 모든 가능성을 받아들일 준비가 되어
있어야 한다.

리더가 고집불통이라면
조직의 장래는 어둡다.
'고집은 있되, 불통은 되지 말자.'
이것이 리더와 조직이 함께 성장하고 살아남는 길이다.

사무실에 내리는 사랑비, 커피 릴레이

비가 내리는 아침이다.
사무실 창밖으로 떨어지는 빗소리를 들으며
문득 커피 한 잔이 떠오른다.
그윽한 커피 향이
아침의 빗소리와 어우러지면
얼마나 따뜻하고 풍요로울까.

나는 후결제로 커피숍에서
과장들에게 먼저 커피를 주문했다.
커피 릴레이가 시작되었다.
과장이 계장에게,
계장이 직원들에게,
이렇게 커피가 진달되면서
사무실은 그윽한 커피 향으로 가득 차기 시작했다.

창밖에는 단비가 내리고,

사무실 안에는

마음의 향기를 품은 사랑비가 내린다.

작은 커피 한 잔이 직장생활에 소소한 활력을 선물한다.

커피 릴레이처럼,

사랑과 온기가 일터 곳곳에 퍼져

모두의 하루를 따뜻하게 감싸주기를 기대한다.

사랑을 부르는 한 마디, 미안해!

세상의 수많은 언어 중에
'사랑한다'라는 말처럼 흔하면서도
아름다운 말이 또 있을까.

하지만 나이가 들수록 그 흔한 '사랑한다'라는
말이 쉽게 입 밖으로 나오지 않는다.
누군가에게 듣는 일도
점점 어려워지는 것을 느낀다.

언젠가부터 "널 사랑해!"라는 말보다
"내가 미안해!"라는 한 마디가
더 깊이 가슴에 와닿기 시작했다.

진심으로 '미안하다'라는 감정이 든다는 것은
진심으로 사랑하고 있다는 증거다.
'미안해'는 '사랑해'의 또 다른 표현이며,
어쩌면 그보다 더 깊은 마음을 담고 있다.

시간이 흐르면서 사랑이란
누군가에게 무언가를 주는 것을 넘어
자신을 낮추고 겸손해지는 것임을 깨닫는다.

그리고 문득 생각한다.
'미안(美顔)'은 '얼굴이 아름답다'는 뜻도 가진다.
그 한 마디에 담긴 진심이
서로의 얼굴을 더욱 아름답게 빛나게 한다.

결국, '미안해'라는 말 한 마디에서
사랑은 다시 꿈틀거린다.

자신만의 틀에서 벗어나기

우리는 각자의 동그라미 속에서 살아간다.
익숙한 틀, 그리고 스스로 만든 마음의 굴레에 갇힌 채
때로는 자유로운 영혼을 꿈꾸며 살아간다.

하지만 진정한 자유는 내 마음대로 하는 것이 아니라
내 마음의 굴레에서 벗어나는 데서 시작된다.

자신만의 진실을 고집하며 작아지는 동그라미 속으로
자신을 스스로 가두고 있지는 않은가?

해맑은 영혼을 가진 어린 왕자처럼
마음속에 그려진 동그라미를 하나씩 천천히 지워보자.
집착과 고정관념의 흔적을 지우다 보면
우리는 비로소 마음의 굴레에서 벗어나
맑고 자유로운 영혼을 마주하게 될 것이다.

나 역시 어린 왕자처럼 해맑고 순수한 영혼을 품고 싶다.

불완전함에서 겸손을 배우다

뒤틀린 목재는
아무리 정성을 기울여도
곧은 목재가 될 수 없다.

우리는 모두 결점과 약점을 지니고 있다.
아무리 노력해도 완벽한 사람이 될 수는 없다.
이 사실을 받아들이는 순간,
진정한 겸손이 시작된다.

자신의 부족함을 아는 것,
그리고 그 부족함을 완전히 극복할 수 없다는 사실을 깨닫는 것.
이 두 가지를 깨우칠 때,
우리는 비로소 겸손의 고지에 오를 수 있다.

겸손은 자신을 낮추는 것이 아니다.
겸손은 자신의 본질을 있는 그대로 인정하고,
그 부족함 속에서 다른 사람과 조화를 이루는 힘이다.

감사와 사랑, 용서와 배려, 고통과 성장 등
삶을 풍요롭게 만드는 교훈을 담고 있습니다.
이 장은 내면의 성찰을 통해 선택과 결정이
삶에 미치는 영향을 조명하며,
더 깊고 의미 있는 삶으로 나아가는 지혜를 제시합니다.

인생의 소중한

순간과 교훈

'하루'라는 선물상자에 감사와 사랑을 담자

아침에 눈을 뜨면 빈 선물상자가 놓여 있다.
처음에는 그 속에 무엇이 들어 있는지 알 수 없다.
하지만 저녁이 되면 그 상자 속에는 오늘 하루의
희로애락으로 가득 차게 된다.

그 선물은 누구에게나 똑같이 주어진다.
그리고 그 안을 어떻게 채울지는 온전히 당신의 선택이다.

하루를 보내며 무조건 상자를 가득 채우려고 애쓰지 말자.
'사랑과 감사'를 담자. 그러면 당신의 마음속에
행복의 꽃이 필 것이니까.

당신은 오늘 하루를 어떻게 마무리하고 있는가?
베개에 머리를 대는 순간,
'감사와 사랑'이라는 꽃잎을 떠올려보자.
그때 입가에 절로 행복의 미소가 피어날 것이다.
그리고 내일 아침에도,
새로운 빈 선물상자가 당신을 기다리고 있을 것이다.

생일: 부모님께 감사하는 날

예전에는 태어난 날을 '귀빠진 날'이라 했다.
아이의 귀가 어머니의 산도를 빠져나오는 순간이
가장 고통스러운 순간이기 때문이다.
하지만 그 고비를 넘어야만
새로운 생명이 세상에 나올 수 있다.

요즘은 제왕절개로 출산하는 경우도 많다.
그래서 '생일'은 어머니의 배에 남은 상처를 기억하는 날이다.
그 상처는 당신이 세상에 태어난 흔적이다.

생일은 단지 당신만의 기념일이 아니다.
어머니의 아픔과 사랑이 만들어낸 귀한 날이다.

이번 생일에는 부모님께 감사의 마음을 전해보자.
그럴 수 없다면 감사의 기도를 드리자.

인생의 새로고침 버튼

컴퓨터에서 새로고침 버튼은
화면을 업데이트해 최신 정보를 보여준다.
우리의 삶도 마찬가지다.
때때로 삶의 새로고침이 필요하다.

새로고침은 과거를 지우는 것이 아니다.
지금까지 쌓아온 삶의 의미와 가치는 남겨두고
목표와 방향을 새롭게 정비하는 것이다.

너무 자주 새로고침을 하면
본연의 가치를 잃을 수 있고,
새로고침을 전혀 하지 않으면
과거의 올무에 갇히게 된다.

때를 놓치지 말고
가끔 삶의 새로고침 버튼을 눌러보자.
그 버튼은 당신의 하루를 새롭게 하고
삶을 더 가치 있는 방향으로 이끌어줄 것이다.

삶에서 배우는 위대한 철학자들

철학자는 특별한 지식을 가진 사람이 아니다.
삶의 역경을 이겨내고 그 안에서 지혜를 찾는 사람이 철학자다.

누구에게나 찾아오는 뼈아픈 삶의 역경과 시련을
고통이 가미된 인위적인 노력으로 이겨내거나,
시간의 흐름에 몸을 맡기며 그 고비를 넘기기도 한다.

삶의 고통을 이겨내며 얻은 작은 지혜들.
그 지혜를 사랑하는 마음이 쌓일 때,
우리는 비로소 진정한 철학자가 된다.

삶이 아무리 힘들고 절망스러워도
그 고통을 넘어선 사람만이
진정으로 위대한 철학자가 될 수 있다.
"이겨내라. 그 자체로 당신은 위대하다."
죽음의 문턱이나 삶을 포기하기 직전까지 간
사람만큼 위대한 철학자는 없다.

그럴 수도 있다는 여유

나는 종종 "그럴 수도 있지"라는 말을
방관의 태도로 여겨 나 자신에게도, 타인에게도
엄격하게 대했던 적이 많다.
그러다 보니 결국엔 나의 기준으로 상대를 판단하고는
갈등과 분노를 피하지 못했다.

하지만 사람은
'믿음의 대상'이 아니라 '사랑의 대상'임을 깨닫고
'그럴 수도 있겠다.'라는 여유를 품으니
마음이 훨씬 편해졌다.

그렇다고 자신에게 지나치게 관대해서는 안 된다.
'나는 그럴 수 없을지라도, 싱대는 그럴 수 있다.'라고
상대의 마음을 먼저 헤아려보자.

이런 마음이 분노를 가라앉히고
관계를 부드럽게 만드니까.

"지기추상 대인춘풍(持己秋霜 待人春風)"이라는 말이 있다.
'자신에게는 가을 서리처럼 엄격하고,
타인에게는 봄바람처럼 따뜻하게 대하라.'는 뜻이다.
이렇게 생각하면 더 많은 여유와 지혜를 얻지 않을까.

성공과 행복을 여는 열쇠

성공과 행복은 단순히 결과로만 평가되지 않는다.
그 과정에서 느끼는 가치와 성장도 중요한 척도다.

행복은 욕심과 반비례한다.
욕심이 적으면 작은 것에도 만족하며 행복을 느낄 수 있지만,
욕심이 많으면 무엇을 가져도 늘 부족함을 느낀다.

성공과 행복은 과정에 충실할 때 자연스럽게 따라오는 것이다.
자신에게 주어진 일에 최선을 다하고,
그 속에서 보람을 느낀다면 결과는 저절로 이루어진다.

"지금의 자리에서 나보다 더 잘할 사람이 있다면
자리에 연연하지 않겠다."라는 절실함이야말로
진정한 열심을 불러온다.

결과에 집착하는 욕심 대신,
과정에 충실한 열심을 선택하라.
그것이 성공과 행복의 열쇠다.

야단도 사랑의 일환

직장생활에서 야단을 받아본 경험은 누구나 있을 것이다.
나 역시 상사에게 혼쭐이 났던 순간이 많았다.
그러나 어느새 내가 관리자가 되고 보니,
칭찬보다 야단에 익숙해진 나를 발견하게 된다.

상사의 야단은 그만큼 관심을 받고 있다는 증거다.
칭찬이 기분을 좋게 만든다면,
야단은 더 나아지라는 격려의 표현일 수 있다.

"적당한 야단은 사랑이다."
이 말은 당신이 소중한 존재임을 알려주는 특별한 메시지다.
그러니 야단을 두려워하지 말자,
그 안에 담긴 관심과 격려의 온기를 느껴보자.

아침 인사가, 곧 행복의 시작

아침에 가장 먼저 만나는 사람에게
건네는 한마디 인사가 하루를 밝게 만든다.

회사 정문에서 방호 업무를 하는 분께
"안녕하세요. 수고 많으십니다."
청소를 하는 분께는
"많이 힘드시죠? 감사합니다."
그리고 동료들에게는
"좋은 아침입니다. 즐겁고 행복한 하루 보내세요."

이 작은 인사들이
사무실과 세상을 행복의 씨앗으로 가득 채운다.
이침 인사는 행복의 시작이다.
그 시작이 세상을 더 나은 곳으로 바꿀 것이다.

옷장 속 명품보다 입는 옷이 더 소중하다

옷장에 모셔둔 값비싼 명품 옷보다
편하게 입을 수 있는 옷이 더 소중하다.

저렴한 와이셔츠를 세탁하고 다림질하여
한 철 입고 버릴지라도
그 옷들은 내 일상과 함께한다.

비싼 옷이 옷장 속에 갇혀 있는 동안,
일상 속에서 편히 입을 수 있는 옷은
삶의 실용성과 만족을 선사한다.

값비싼 옷보다,
지금 내게 실질적으로 필요한 옷이 더 소중하다.
삶도 그렇다.
겉모습에 치우치지 말자.
본질을 잊지 않으면서 실질적인 행복을 선택하자.

젊음, 세상에서 가장 소중한 자산

우리의 인생은 마라톤이다.
힘들면 잠시 멈춰 물을 마시고
넘어지면 다시 일어나면 된다.

그러나 마라톤의 결승점에 가까워질수록,
도전의 기회는 줄어든다.
젊음은 도전의 기회가 무한한 시기다.

지금 넘어져도 괜찮다.
다시 도전하면 된다.
젊음은 돈으로 살 수 없는 가장 소중한 자산이다.

"목표를 향해 끊임없이 도전하라.
젊음은 바로 지금, 이 순간이다."

경험이 최고의 스승이다

삶은 경험으로 가득하다.
그리고 경험은 돈으로 살 수 없는
가장 귀한 자산이다.

직접 경험에는 실패와 실수가 따라오지만
그 실패가 우리를 더 단단하게 만든다.
그 실패를 통해 얻은 경험은
삶의 가장 소중한 자양분이다.

삶의 스승은 다름 아닌 경험이다.
"실패할 기회가 있다면, 그것을 빨리 잡자."
그 안에서 우리는 성장하고
더 나은 삶을 만들어갈 수 있으니까.

지금 이 순간이 바로 청춘

마음 설레는 사랑의 배가 찾아오면
그 사랑의 배는 단지 행복만을 싣고 오지 않는다.
미움과 질투, 슬픔과 아픔도 함께 타고 온다.
"아프니까 사랑이고, 사랑하니까 아프다."라는 말이
있지 않는가.

하지만 잊지 말아야 할 것이 있다.
그 배에는 믿음, 우정, 행복,
그리고 기쁨이라는 따뜻한 친구들도
함께 타고 온다.

마음에 설렘이 있다는 것은
내 감정이 여전히 살아 숨 쉬며,
내가 청춘임을 증명하는 것이다.

청춘은 떠나간 배가 아니다.
청춘은 새로운 출발을 기다리는 배다.

잃어버린 청춘은 돌려달라 외친다고 돌아오는 것이 아니라,
지금 내 마음의 설렘 속에서
새롭게 시작되는 것이다.
사랑에는 미움과 질투, 슬픔과 아픔이 뒤따를지라도,
마음 설레는 사랑이 온다면,
그것만으로도 충분히 값진 삶이다.

설렘이 곧 청춘이다.
그리고 지금, 이 순간이 바로 당신의 청춘이다.
설레는 마음으로 사랑의 항해를 시작해보자.

사람이, 곧 인생 농사의 씨앗

한 해가 저물어가는 이 시점,
지금까지 내 삶에 고마움을 준 분들을
하얀 종이에 적어보자.

그 이름들이 얼마나 많은지에 따라
한 해 동안 당신의 인생 농사가
풍년이었는지, 흉년이었는지 알 수 있을 것이다.

만약 흉년이었다면,
지금부터 더 나은 인생의 씨앗을 준비하자.
사람들과의 관계를 새롭게 가꾸고
진심을 담아 씨를 뿌리며 다가가 보자.

풍년이었다면,
당신의 삶을 풍요롭게 해준 고마운 분들에게
감사의 마음을 전할 시간이다.
작은 감사의 인사는 새로운 씨앗이 되어
또 다른 풍년을 가져올 것이다.

"사람이, 곧 인생 농사의 씨앗이다."
올 한 해를 돌아보며
당신이 심어온 씨앗을 되돌아보고,
다가오는 새해를 위한 새로운 씨를 준비하자.

사람이라는 씨앗이 심어진 곳에는
언제나 풍요로운 결실이 맺히게 될 것이다.

지금의 고통은 지나가는 구름일 뿐

지금 당신은 얼마나 힘든가?
삶이 막막하고 고통스러워
앞이 보이지 않는 순간을 지나고 있는가?

그 고통은 인생 전체 중 잠시 지나가는 구름일 뿐이다.
살다 보면 더 어두운 먹구름이 몰려오고,
세찬 비바람과 험한 물결이 치는 순간도 있을 것이다.

그러나 기죽지 말라.
구름이 지나가면 언제나 삶의 햇살이 그대를 반긴다.
그것이 바로 인생이다.

고통이 지나가고 나면,
비로소 인생에서 진정으로 소중한 것이 무엇인지
더 선명하게 보이기 시작할 것이다.

힘들고 막막한 순간이 찾아와도
그것이 지옥 한 칸이 아니라 천국 한 칸이길 바라며,
오늘도 힘차게 하루를 살아가자.

그대를 위해 '토닥토닥'
나를 위해 '쓰담쓰담'
이렇게 서로를 위로하며,
인생이라는 여정을 함께 걸어가보자.

인생의 상비약은 사람이다

몸이 아픈 사람에게는 약이 필요하다.
하지만 그보다 더 절실한 것은
아무 말 없이 곁을 지켜주는 '사람'이다.

추위에 떨고 있는 사람에게는 옷이 필요하다.
그러나 그보다 더 따스한 것은
온기로 감싸줄 '사람'이다.

비를 맞고 있는 사람에게는 우산이 필요하다.
하지만 빗속에서도 나란히 걸어줄
'사람'이 더 큰 위안이 된다.

슬픔에 섞여 있는 사람에게는 위로의 말이 필요하다.
그러나 그보다 더 소중한 것은
속마음을 끝까지 들어줄 '사람'이다.

마음의 상처를 입은 사람에게는 치유가 필요하다.
그러나 살며시 눈물을 흘리며
함께 아파해줄 '사람'이 더 큰 힘이 된다.

"인생의 상비약은 다름 아닌 사람이다."

나는 언제나 당신 곁에서
준비된 '상비약 같은 존재'가 되고 싶다.
그리고 당신도 누군가에게
그런 존재가 되어주길 바란다.

사람이 주는 위로는 세상 무엇과도 바꿀 수 없는
가장 따뜻한 치료제다.

'아니요'와 '모르쇠': 때로는 필요한 선택

성공한 사람들은 '아니요(Say No)'라고 말할 줄 안다.
그들은 기존의 방식에 만족하지 않고,
지금보다 더 나은 대안을 찾는 용기 있는 사람들이다.

반면 실패하는 사람들은 종종
'시도(試圖)' 자체를 두려워하며 '모르쇠'로 일관한다.
그들은 익숙한 것에 안주하며,
변화를 거부하는 선택을 한다.

'아니요'와 '모르쇠'
이 두 가지 선택은 순간의 자유 같아 보이지만,
그 결과는 화살이 과녁을 벗어나는 것처럼 큰 차이를 만든다.

지금 당신의 조직이나 팀의 성과가 좋지 않다면,
아마도 과거 누군가가 비겁하게 '모르쇠'로
안주했기 때문일 것이다.

반대로 지금 성과가 좋다면,
그건 누군가가 용기 있게 '아니요'를 외치며
결단을 내린 덕분일 것이다.

'모르쇠'는 비겁한 선택이다.
반면 '아니요'는 변화와 성장을 향한
용기 있는 선택이다.

지금 당신이 해야 할 선택은 무엇인가?
비겁한 '모르쇠'의 사람이 될 것인가,
아니면 용기 있는 '아니요'의 사람이 될 것인가?

결단이 필요한 순간, 두려움을 떨치고
더 나은 미래를 위해 당당히 '아니요'라고 말할 용기를 갖자.
그 선택이 당신을 진정으로 자유롭게 할 것이다.

코이의 법칙: 가능성의 무한 확장

물고기 코이는 환경에 따라 성장의 크기가 달라진다.
넓은 강물에서는 1m 이상 자라지만,
작은 수족관에서는 30cm, 어항에서는 10cm에 머문다.

이처럼 환경은 성장의 크기를 결정짓는 중요한 열쇠다.
조직에서도 마찬가지다.
관리자의 역할은 조직의 미래를 위한 비전을 제시하고,
직원들이 능력을 발휘할 수 있는 환경을 조성하는 것이다.

실제 일을 수행하는 주체는 직원으로서
직원들이 성장하지 못하면,
조직은 성장할 수 없다.
반대로 직원들이 성장할 수 있는 환경이 주어진다면,
조직의 가능성도 무한히 확장될 수 있다.

"직원의 성장이, 곧 조직의 성장이다."라는 말이 있다.

그러므로 관리자는 직원의 잠재력을 끌어내기 위해
명확한 비전을 제시하고 성장할 수 있는 여건을 조성해야 한다.
직원의 성장은 조직의 미래를 결정짓기 때문이다.

큰 바위 얼굴이 주는 교훈

너새니얼 호손의 소설 《큰 바위 얼굴》은
진정한 위대함이 무엇인지에 대한 깊은 교훈을 준다.
위대한 인간의 가치는 재력, 권력, 명성 같은
겉보기에 화려한 출세에서 나오지 않는다.
오히려 그것은 지역사회를 위한 헌신과 봉사,
사람들에게 희망을 품게 하는 삶에서 나온다.

소설의 주인공은
큰 바위 얼굴처럼 위대한 사람을 만나기를 꿈꾸면서
"어떻게 살아야 그와 같을 수 있을까?" 하고
자신을 돌아보며 진솔하고 겸손하게 살아간다.

사람들은 그런 그의 삶을 보고
"당신이 바로 큰 바위 얼굴이다."라고 말한다.
하지만 그는 여전히 자신보다 더 위대한 존재를 찾으며
계속해서 나아간다.

우리가 존경하고 닮고 싶은 사람을 가슴에 품고 산다면,
어느 순간 그 사람을 닮아가는 자신을 발견하게 된다.
결국, 무엇을 마음에 품느냐에 따라 우리의 인생이 달라진다.

주변에서 당신만의 큰 바위 얼굴을 찾아보자.
그리고 누군가에게 희망을 주는 삶을 살아보자.
그렇게 살다 보면,
당신도 어느새 누군가의 '큰 바위 얼굴'이
되어 있을 것이다.

그런 당신이 바로 나의 큰 바위 얼굴이다.

죽음의 문턱에서 배운 것

젊은 시절, 자존감을 잃고 길을 잃었던 적이 있다.
삶의 의미를 찾지 못한 채
죽음의 문턱까지 가본 적도 있었다.

그때는 내가 얼마나 보잘것없는 존재인지,
내가 사라져도 세상은 아무런 변화가 없을 것이라는
생각이 머릿속을 가득 채웠다.

하지만 운 좋게도
나는 지금 세상을 변화시키는 존재라 믿으며,
삶을 누리고 있다.

우리의 삶은 나비의 작은 날갯짓처럼
사소한 행동이 예상치 못한 큰 결과를 만들어내기도 한다.
우리가 생각하는 것보다
우리의 존재는 세상에 더 큰 영향을 미친다.
한 개인이 미미해 보일지라도,
그 존재가 세상을 바꿀 수 있음을 잊지 말자.

삶을 포기할 용기가 있었다면,
그 용기로 어떤 고통도 이겨낼 수 있다.
죽음의 문턱에서 배운 것은
삶의 무게와 가치를 결코 가볍게 여기지 않는 것이다.

죽음만큼 어두운 순간이 있었기에
나는 살아야 하는 이유를 알았고,
지금도 그 이유로 살아간다.

자존감을 잃지 말고,
살아 있는 동안 당신의 길을 걸어보자.
참으로 알 수 없는 게 인생이지만,
그 속에는 우리가 모르는 기적과 기회가 숨어있다.
인생 자체가 로또 같은 선물임을 기억하자.

오늘을 위해 살자

젊은 시절, 나는 내일을 생각하지 않았다.
오직 오늘만을 바라보며 살아갔다.
아르바이트를 해도 월급이 아닌 일급을 받으며,
매일매일 살아내는 것에 집중했다.

왜냐하면 그때의 나에게는
내일을 꿈꿀 여유조차 없을 만큼
오늘의 삶이 버겁고 힘겨웠기 때문이다.

하지만 그렇게 살면서 깨달았다.
오늘이 없는 내일은 없다는 사실을.

오늘은 오늘이고, 내일은 내일이다.
내일은 아직 오지 않은 꿈에 불과하다.
그러나 꿈을 꾸지 말라는 말은 아니다.
오늘에 충실할 때만이 그 꿈이 현실로 바뀐다.

나는 오늘도 내게 주어진 일을
한 점 부끄러움 없이 해내며,
오늘을 위해 오늘을 살아간다.

소소한 일들이 모여 감동을 만든다

적은 물방울이 모여 연못을 이루고 강이 되듯,
작고 소소한 일들이 모여 감동이 된다.

출근길에 나눈 따뜻한 인사 한마디,
떨어져 있는 휴지를 집는 손길,
찰나의 순간에 스치던 미소 하나.

우리의 출근길은
무덤덤한 표정과 생각 속에서
작은 감동을 놓치곤 한다.

사실, 익숙함에서 살짝만 벗어나면
감동을 주고받을 기회는
우리 주변에 차고도 넘친다.
그런데도 어색함이나 눈치가 보여
작은 용기조차 내지 못할 때가 많다.

그러나 시작이 반이다.

오늘 출근길에 작은 마음의 눈길을 돌려보자.

그 작은 눈길이

소소한 감동을 밀물처럼 당신에게 가져다줄 것이다.

"감동이 넘치는 세상은

당신의 작은 눈길에서 시작된다."

번개를 치려면 비구름이 필요하다

모임이 커질수록 날짜와 장소를 정하기 어려워진다.
정작 모임 날이 되면 불참자가 생기기도 하고,
예상했던 인원이 맞지 않아 당황할 때도 있다.

이럴 땐,
시간이 맞는 사람들끼리 번개모임을 하는 것이
더 편하고 효과적이다.
번개모임은 갑작스럽게 이루어진 만남을 의미하는
그야말로 '번쩍이는 번개처럼 모이는 것'이다.

하지만 번개를 칠 수 있으려면
평소에 '비구름'을 만들어야 한다.
비구름이 없다면 번개를 칠 수 없기 때문이다.

"인생 작품에서 번개가 주연이라면,
비구름은 보이지 않는 조연이다."

번개를 칠 수 있는 인연을 만들고,
누군가의 비구름이 되어주는 삶을 살아보자.
그 비구름이 번개를 부르고,
인생의 특별한 순간들을 만들어낼 것이다.

인생, 세상을 살다가 되돌아가는 여정

여행의 목적은
여행지에서 새로운 것을 보고 느끼는 데 있지만,
결국엔 다시 돌아오기 위한 것이다.

우리의 인생도 마찬가지다.
세상을 구경하며 살다가
언젠가는 되돌아가야만 하는 여정이다.

인생은 공짜로 주어진 최고의 여행이다.
그래서 세상 구경을 다 마치는 날에는
"정말 잘 보고 갑니다."라는
짧은 감사의 인사라도 남기고 싶다.
그것이 공짜로 누린 삶에 대한
최소한의 예의가 아닐까.

삶의 종착일이 언제일지 알 수 없는 우리에게 그날이
갑작스레 찾아와도 아쉬움 없이 떠날 수 있도록
우리는 순간순간 감사의 마음을 전해야 한다.

"오늘이라는 소중한 여정."
이 아름다운 여정을 걷고 있는 지금.
나에게도, 당신에게도
진심으로 고마움을 전한다.

경험이 인생의 방향을 제시한다

인생은 두 갈래 길을 걷는다.
정해진 길과 개척해야 할 길이다.

정해진 길은 타인의 경험에서
배우고 따라가는 평탄한 길이다.
쉬운 선택이지만
그 길에선 특별한 성취를 기대하기 어렵다.

개척해야 할 길은
스스로 선택하고 도전해야 하는
험난한 모험의 길이다.
이 길에서는 넘어지기도 하고 다치기도 하지만
실수와 실패가 쌓여 값진 삶의 보물이 된다.

그 경험들은 인생의 나침반이 되어
어디로 가야 할지 방향을 알려주고,
결정을 망설일 때 용기를 준다.

스스로 선택한 길은
누군가를 탓하지 않는다.
그 길은 후회 대신 성장을 선물한다.
당신의 가슴으로 내린 결정이므로
진정한 인생의 방향을 밝혀준다.

조용한 기부, 따뜻함을 더하다

12월은 기부의 계절이다.
따뜻함이 필요한 사람과
따뜻함을 나누고 싶은 사람이 만나
세상을 훈훈하게 만든다.

기부를 통해 도움을 받은 사람보다
기부를 한 사람이 더 행복하다는 말처럼,
나눔은 모든 이의 마음을 따스하게 한다.

하지만 기부는
조용히, 드러내지 않고 하는 것이
진정한 선행이다.
"오른손이 하는 것을 왼손이 모르게 하라."
이 말의 의미는
자신이 한 일을 드러내지 않음뿐만 아니라,
베푼 뒤에도 그 사실을 잊으라는 의미다.

기부는 많은 것을 가졌기 때문에 하는 것이 아니다.
받은 것을 되돌려 주는 행위다.

조용한 기부와 얼굴 없는 천사가
더 많아지길 바란다.
그들이 만들어가는 세상은
더 따뜻하고 아름다울 것이다.

함께 만들어가는 인생 영화

우리의 인생은
수많은 사람을 만나고 헤어지며 만들어가는
한 편의 영화다.

짧게 스쳐 가는 단편영화 같은 순간들보다,
고이 간직하고 싶은 단 한 편의 영화가
더 소중하지 않은가?

오늘 당신과의 만남은
내 인생의 소중한 한 장면이 될 것이다.
당신은 나의 영화 속에서 조연 같지만 알맹이 같은 존재다.
동시에 당신의 영화에서는
주연으로 빛나는 사람이다.

나는 당신의 인생 영화에서
명품 조연이 되고 싶다.
당신의 이야기를 매끄럽게 이어주는,
그리고 길을 닦아주는 그런 존재 말이다.

오늘 우리가 함께 만든 이 영화가
인생 최고의 작품이 되기를 기대하며,
한 장면 한 장면을 소중히 담아가고 싶다.

마음은 강물처럼 흘러간다

마음은 나그네와 같다.
한곳에 오래 머무르지 않는다.

평온한 마음도 영원히 평온할 수 없고
무거운 마음도 끝없이 무겁지 않다.
마음은 강물처럼 흘러간다.

물이 고이면 썩듯이,
마음도 고이면 병들기 마련이다.
흐르는 강물처럼
마음이 자연스럽게 흘러가도록 두자.

지나간 마음을 붙잡으려 애쓰지 말고
그저 가는 대로 흘려보내자.
마음은 영원히 한곳에 머무르지 않고
정처 없이 흐르는 것이 본질이기 때문이다.

작은 걱정들, 그 안에 숨겨진 인생의 교훈

비 온 뒤 길가에서
달팽이가 느릿느릿 기어가고
잠자리가 잽싸게 날아다닌다.

나는 걸어가던
발걸음을 멈추고
우두커니 바라본다.
오후에 장대비가 온다는 일기예보다.

느림보 달팽이는 제집을 찾을 수 있을까?
날쌘돌이 잠자리 날개는 젖지 않을까?
그들의 보금자리는 장대비를 피할 수 있을까?

별걱정을 다 하며
문득 나 자신을 떠올린다.
나도 그랬으니까.

삶이라는 소풍에 함께 걸어보자

삶은 질문과 선택의 연속입니다.
매 순간, 우리는 길 위에서 멈추고, 고민하고,
다시 걸음을 내딛습니다.

그 과정에서 만나는 사람들, 겪는 경험들,
그리고 얻는 교훈들은 우리 인생의 나침반이 되어
어디로 나아가야 할지 길을 비춰줍니다.

지나온 날들을 돌아보면,
그 순간들이 비록 아프고 고단했을지라도
결국에는 자기자신을 단단하게 만들었음을 깨닫게 됩니다.
우리가 품은 감사와 사랑, 용서와 배려,
그리고 고통 속에서 피어난 성장이 씨앗들이
결국 더 풍요롭고 의미 있는 내일을 만들어갈 것입니다.

인생은 완벽하지 않습니다.
그러나 그 불완전함 속에서 얻는 깨달음이
저희에게 진정한 행복과 자유를 선사합니다.

마음의 굴레를 내려놓고 스스로 선택한 길을 걷는 용기,
그리고 그 길에서 피어나는 소중한 관계들이
삶을 더욱 빛나게 합니다.

이제 다시 한번, 고백합니다.
오늘, 무엇을 주었고, 무엇을 받으셨나요?
그 답 속에서 여러분만의 소중한 방향을 발견하기를 바랍니다.

그리고 그 길 위에서 작은 꽃을 피우고,
서로의 향기로 세상을 더 따뜻하게 채워가기를 기도합니다.

삶이라는 여정 속에서
이 책이 여러분에게 작은 위로와 영감이 되기를 소망하며,
여러분의 걸음을 응원합니다.

여러분의 여정이 언제나 행복과 성장으로 가득하기를….

한Q의 인생 나들이

초판 1쇄 인쇄 2025년 01월 20일
초판 1쇄 발행 2025년 01월 25일

지은이 정한규
펴낸이 인창수
편 집 최원호
디자인 허윤강
펴낸곳 태인문화사
신고번호 제2021-000142호
주소 경기도 파주시 탄현면 참매미길 234-14, 1403호
전화 031-943-5736
팩스 031-944-5736
이메일 taeinbooks@naver.com

ISBN 979-11-93709-04-7 (03810)